Awarded Novels
长青藤国际大奖小说书系

Somewhere in the Darkness

我和爸爸去旅行

〔美〕沃尔特·迪恩·迈尔斯 著
宋蕾 译

晨光出版社

前言 / Preface

一段旅程，一场探索心灵的父子对话

在人生的旅途中，每一次启程都镌刻着成长的足迹，伴随着心灵的蜕变。《我和爸爸去旅行》正是这样一部触动人心的作品，它以独特的视角、丰富的情感层次和跌宕起伏的故事情节，引领我们探索主人公吉米的心路历程，以及他与爸爸克拉布之间复杂而真挚的亲情纽带。这部作品不仅是一段旅程的记录，更是一次关于重逢、接纳与自我发现的心灵之旅。

故事始于吉米对父爱的渴望与迷茫。自幼缺乏爸爸陪伴的吉米，始终怀揣着对完整家庭的向往。他常常在脑海中勾勒与爸爸共度时光的温馨画面。然而，这些美好的想象总是被现实的空缺所打断，吉米对于爸爸的认知停留在养母吉恩妈妈口中的只言片语和一张张照片中。直到克拉布——这个从天而降的爸爸带着神秘，闯入了吉米的生活，一切开始悄然改变。

克拉布的出现，如同一道光芒，照亮了吉米心中那片长久以来被遗忘的角落。可是，这对父子之间的感情发展并非一帆风顺。克拉布不明消失的多年过往，以及两人之间难以逾越的鸿沟，都让这段旅程充满了挑战与不确定。吉米在困惑、怀疑，乃至愤怒中挣扎，他试图理解这个陌生又熟悉的男人，却发现他们之间仿佛隔着万水千山。在一次次的相遇与别离中，吉米开始质疑自己的身份，对父爱的渴望与对现实的失望交织在一起，构成了他内心深处最复杂的情感纠葛。

然而，正是这些挑战与困境，激发了吉米内心深处的勇气与坚忍。他踏上了与爸爸一同前往阿肯色州的旅程，这不仅是一次地理上的迁徙，更是吉米对心灵深处的一次深刻探索。在这段旅途中，吉米见证了爸爸面对过去的勇气，以及在逆境中仍不放弃生活希望的决心。更重要的是，吉米学会了如何以更加宽容和理解的心态去看待他人，包括曾经让他感到疏离的爸爸。在一次次的交流与碰撞中，吉米逐渐意识到，真正的父爱并非仅仅体现在言语和物质的给予上，还体现在那些无声的行动、默默的守护以及为了家庭所做出的牺

性上。

这本书的创作背景，根植于作者沃尔特·迪恩·迈尔斯的人生经历与细腻的情感洞察。迈尔斯在访谈中提到，他与父亲的关系同样充满了复杂与未知。在成长的过程中，他渴望了解父亲，却因父亲的沉默与缺席而感到困惑与失落。这种对父爱的追寻与理解，成为他创作这部作品的重要灵感来源。迈尔斯通过吉米与爸爸的故事，不仅展现了父子关系的多面性，更深刻揭示了人性中的善良、勇气与自我救赎的力量。

在这部作品中，我们见证了吉米从一个对父爱满怀渴望又兼存困惑的孩子，成长为一个能够勇敢面对现实、理解并接纳爸爸真实面貌的少年。这段旅程，不仅是对吉米个人成长的记录，更是对所有人在面对亲情与寻求自我认知时所经历的心灵探索的深刻描绘。迈尔斯以其独特的文学笔触，将这段旅程刻画得生动、感人，希望每个翻开这本书的孩子都能在共鸣中获得成长与启示。

目录 / Contents

第一章

一个男孩的白日梦

吉米·利特尔坐在床边，轻轻地闭着眼睛，静静地听着雨滴敲打玻璃窗的声音。同时，他还能依稀听见楼下的街道上汽车飞驰而过的声音。不知从哪里传来了收音机的嘈杂声，那声音响了几乎一整晚。他仰起头，微微睁开眼睛，看见了镜子里的自己。椭圆形的镜框是赤褐色的，和他的肤色差不多。吉米嘴角一扬，会心一笑，他喜欢自己早上的模样。

“吉米？”门外传来一个温柔的声音。

“我起来了，妈妈。”他大声回答道。

“今天上学可别再迟到了，”吉恩妈妈说，“穿好衣服了吗？”

“穿好了。”

门被推开了一道缝，吉恩妈妈探头进来。吉米微笑以对。

“我可不希望你穿着裤衩去上学。”吉恩妈妈说。

“不会的，妈妈。”

“冰箱里有鸡蛋，还有我昨天买的火腿。”她说道，“再磨磨蹭蹭的就要迟到了。你还记得老师说的话吧？”

“记得，妈妈。”

“你还好吧？”她干脆走了进来，伸手摸了摸他的脑门，“今天早上你怎么看起来没精打采的？”

“那个收音机响了整整一个晚上。”他回答道。

“是吗？”吉恩妈妈打开他的衣橱抽屉，翻找干净的换洗衬衫，“真不知道那些人是怎么回事。快穿好衣服，按时出门，听见没有？”

“我会按时出门的。”吉米说。

吉恩妈妈亲了亲他，然后出去了。

吉米听见厨房那边传来一阵窸窸窣窣的声音。他知道，那是吉恩妈妈壮硕的身体在餐桌旁走来走去的动静，她一定是一边用手把灰白的头发捋顺，一边顺手把盐瓶，或者是她最爱的那个插着鲜花的绿色花瓶摆弄好，然后才会出门上班。

她从冰箱上拿钥匙时，又传来一阵丁零当啷的响声。

“别忘了锁好门！”她对他喊道。

“好的，妈妈。”

她转身开了门，随后把门带上。第一道锁合上了，第二道锁也咔嗒一声合上了。

吉米看了看贴在衣橱上的日历。今天是星期三。吉恩妈妈一定是去照看萨姆纳家的婴儿了。前几年，她一直在照顾这孩子的妈妈。孩子出生后，她就又开始帮忙照看孩子了。有时候，学校没课的时候，吉米也会跟吉恩妈妈一起去萨姆纳家。萨姆纳太太比他的老师还年轻，照顾婴儿似乎不难。吉恩妈妈不年轻了，但也不太老，至少还没有那么老态龙钟。

吉米朝窗外望去，看到吉恩妈妈已走到街角。她正举着一把小伞，举得很高，他觉得可以举低一些，虽然伞的一边坏了，但还能挡雨。雨下得没有刚才那么大了，所以她应该没有被雨淋得太湿。他在窗边一直看着吉恩妈妈消失在街角。然后，他伸手拿起搭在椅背上的裤子，进了卫生间。

吉米喜欢用冷水洗脸，凉凉的，很舒服。他把毛巾用水打湿，然后仰起头，在头顶上方把毛巾拧干。毛巾里冰冷的水顺势浇在脸上，又流到脖子和肩膀上。此刻，他脑子里萦绕着一个问题：要不要去上学呢？他的答案是：不想去。

“这个孩子应该知道受教育是多么重要，”他的老师曾对

吉恩妈妈说，“尤其是对我们这样的人。”

“我会监督他的。”吉恩妈妈回答。

回到家，吉恩妈妈给他讲了读书识字的重要性。他听着，但什么也没说。原本也没什么好说的，因为他心里知道，她说得都对。

吉米往玻璃杯里倒了一些小苏打，又滴了几滴水进去，然后开始刷牙。

吉米九年级时的学习成绩相当不错，可升到十年级就不行了，他自己也不知道为什么。不知道怎么回事，他突然就跟不上老师的进度了。以前也有过这样的情况，但他都应付过来了。十年级的内容就是很难，这是他自己的说法。

洗漱完毕，吉米回到卧室找衣服穿。他把要穿的衣服拿到客厅，然后打开电视，一边穿袜子，一边漫不经心地听正在播报的早间新闻，脑子里想的却是上学的场景。突然，脑中闪过一幕——那天他在校门口碰见了海恩斯先生，海恩斯先生问他这些天去做什么了，怎么没来上学。

“我病了。”他回答。

“那你有病假条吗？”

可以自己写一个，然后签上吉恩妈妈的名字，他这样想。不过，要是吉恩妈妈发现了，一定会非常生气，而且会很伤心。最糟糕的是，他见不得她伤心时的样子，那种写满了失望的眼神。他不能这样做。

吉米在碗里倒了一些玉米脆片，然后转身去冰箱里拿牛奶，随手把电视机的音量调大了一些。这时，一只蟑螂从冰箱旁边的墙上蹿过，躲到了一幅画的后面。真恶心！吉米挪开那幅画，想要灭掉那只蟑螂。

“哎呀！”他冲着蟑螂大叫。

蟑螂顺着墙壁又逃到了炉子下面。上次发现蟑螂是一年前，从那以后，他就没在房子里看到过了。这次，他要把这件事告诉吉恩妈妈，她一定会想办法安装一些灭蟑装置的。

那台陈旧的黑白电视机的屏幕上闪着雪花，吉米知道，电视机预热一会儿自然就会好了。

电话响了，他看了一眼墙上的时钟，应该是吉恩妈妈打来的，为了验证他去没去上学，所以他没接。

可笑的是，每次都是吉米恍然发现自己并不在学校的时候，他才意识到自己又没去上学。每天早上他都认为自己会去，然后就沿着麦克多诺大街溜达，应该右转的时候他会向左转，或者干脆直接穿过洛克威大道向富尔顿的方向走。沿着麦克多诺大街走到头有一个游乐场，他在那里或许会碰见 K.C. 或是艾弗里，然后他们就可能泡在游乐场玩上一整天，也有可能拐去 K.C. 家里看电视；如果走富尔顿方向，那他就只能一个人走路，有时候他会一边走，一边做白日梦，然后就不知不觉地走到市中心了。

他的白日梦里充满了幻想出来的地点和人物：来自遥远国度的勇敢骑士，他们杀死恶龙，拯救那些需要被拯救的人。他脑中的那些幻想情境只说出来过一次。他做过一个测试，而且得分很高，比他想象的要高。这个测试的结果显示，他得去看心理医生，那个医生每个月只来一次。吉米想，去看一下也行，也许医生会鼓励他，成绩差一点也没事，重新再学一遍就好了。

“我们想知道的是，”顶着一头棕色头发的医生说，“依你的智商，为什么成绩会那么差？”

吉米耸耸肩，想找到合适的词语来回答，可没找到。

心理医生开始发问。

“你和你妈妈相处得怎么样？”

“还行。”吉米回答。

“你有爸爸吗？”

“你这话是什么意思？”吉米生气了。

“哦，我就是随便问问，”心理医生在座位上微微挪动了一下身体，“这个学校有很多单亲家庭的孩子。”

“有的，”吉米说，“我们一直相处得不错。”

“他是做什么工作的？”

“他在公共汽车修理厂工作，”吉米说，“负责检修所有的公共汽车，每月一次。”

“那是份好工作，”心理医生说，“显然你爸爸也很聪明。”

吉米在椅子上挺直了腰，他必须得仔细听这个医生的提问，以防又被问到关于他爸爸的问题。他觉得医生并不完全相信他爸爸在公共汽车修理厂工作。他使劲儿想其他有可能会被医生问到的问题，然后提前想好答案。

“你经常做梦吗？”医生问。

“什么？”

“你常常梦到的是什么？”

也许是因为正在想关于爸爸的问题，或者完全没料到会被问到做梦的事情，吉米放松了警惕，告诉医生他梦到了独角兽，还梦到自己变身骑士，拯救了一位公主。

“你梦到的……是什么？是独角兽？每天晚上吗？”

“我主要在脑子里想它，”吉米说，“我没梦到它，你知道的，不是在晚上，不是真的做梦。”

“那你晚上会梦到什么？”

“不知道，我也不知道我晚上做不做梦。”吉米回答。

“你的年龄也不小了，脑子里不应该再有这些幻想的画面，不是吗？”心理医生说道。

医生的脸上闪过一丝微笑。吉米看了一眼他身后的时钟。时钟挂在墙上，墙的下半截刷的是绿色的漆，上半截刷的是白色的，两种颜色的分界线正好把时钟从正中央分成了两半。吉米的目光又看向医生，医生正在本子上写着什么。医生没有向吉米再提出什么问题。

其实，他的亲生母亲已经去世了，他觉得这件事和别人无关。他的爸爸也和其他人无关。他的那些白日梦也一样。有时候，他觉得大人并不想让孩子太有思想，也不希望孩子了解得比大人多。吉米喜欢让自己的思绪发散，让各种想法在脑海中闪现，那就像看一部长长的、精彩的电影。

“你想的事情足够两三个人想的了，”吉恩妈妈曾说过，“这样的话，二十一岁之前你的脑子就用光了！”

“那就是说，我还有六年多时间，”吉米回答，“不算太糟糕。”

然后，他关了电视，从桌上抓起一本作文练习册，转身走出了房间。

公寓的楼梯包着白铁，下楼时他故意重重地踩在每一级台阶上。他可不想吓到躲在楼梯上的什么人，要提前让他们知道有人来了。

他们住在一栋七层公寓楼的四层。这栋楼的电梯不能用，只能走楼梯，而房东将五层以上的楼梯用木板封住了。有时候，吉米会听见有人上到五层去了。大楼的管理员每个月都找来警察驱赶那些闯入者，可他们还是会回来。

吉米下楼来到一层，看见库琪正站在邮箱前。

“你去上学？”她问。库琪二十多岁的样子，非常瘦，但长得很好看。

“你以为自己是谁呀，F.B.I.[1] 吗？”

“我要是在街上看见你，就去告诉吉恩妈妈。”她咯咯地笑道。

吉米望了一眼街道的路面，雨下得小了，但地上还是有积水。街道中央有一摊油渍，混合着雨水，能映出三种不同的颜色。街道对面，约翰逊先生正坐在布朗尼酒吧外的人行道上。

“你是在等邮递员吗？”吉米问。

“嗯，”库琪望向街道，“我也不知道为什么。他是不会带来我想要的东西的。”

“那你为什么等他？”吉米问。

“你以为自己是谁呀，F.B.I. 吗？”

吉米笑了。“就是随便问问。”

“你笑起来真好看，”库琪说，“如果你再大四岁，我就会跟你交朋友。”

“你怎么知道我想跟你交朋友？”

“大人都喜欢跟我交朋友。”库琪说，“你现在不想的话，

[1] F.B.I. 指美国联邦调查局。（本书若无特殊说明，皆为译者注）

再等几年就想了。你多大了？”

“十六岁。”

“别骗人了！”

“快十六岁了。”

“十四岁，”库琪说，“吉恩妈妈告诉过我了。你瞧马路对面的约翰逊先生，他是不是得了肺结核还是什么别的病？”

吉米朝约翰逊先生看过去，约翰逊先生已经喝醉了，正挣扎着想站起来。他单腿跪地，后背靠在墙上的一块广告牌上，正努力地想蹭着墙站起来。广告牌上写着“布斯特洛咖啡馆”，约翰逊先生的肩膀正好盖住了那个“布”字。

“我得去上学了。”吉米说。

“你要借把伞吗？”

“你有吗？”

“没有，我问你要不要借伞就是因为我手头没有，但我的嘴皮子需要动一动。”库琪说着甩了一下头，“你跟我进来拿吧。”

他跟着库琪穿过公寓一层大厅来到她家，他以前也来过。有时候他会帮她跑腿去商店买东西，回来后她总会给他一些汽水和薯片，或者手头现有的其他东西。

房间里有一股爽身粉和家具上光剂的味道。吉米并不介意爽身粉的味道，库琪的孩子把屋子弄得臭烘烘的一团糟也没关系，但他很讨厌家具上光剂的气味。

屋里的电视机开着。在库琪去找雨伞的时候，吉米就看着电视上的画面。电视里，一个女人说某个歌星要复出了，然后又播了几秒钟这个歌星在舞台上表演的画面。吉米看着电视里的歌星，觉得他不是很老。

“我要去南希家一趟，”库琪说，“我记得是她借走了我的伞。”

“我不需要伞了。”吉米说。

“你何必要出去淋雨呢？”库琪问，“帮我照看一下卡瓦米，我这就去南希家把伞取回来。”

“别去太久啊，”吉米说，“我不想上学迟到。”

库琪走了，吉米看着正躺在摇篮里熟睡的卡瓦米，然后走到摇篮一侧，从头到脚打量这个婴儿。他嘴里含着一个橡胶奶嘴，吉米伸手把奶嘴拿开了。吉恩妈妈说过，如果婴儿含着奶嘴睡觉的话，牙齿就会长歪。

卡瓦米的腿动了一下，吉米看到他的嘴还在吮吸，他正想把奶嘴塞回去时，卡瓦米又不动了。

吉米在沙发上坐下，继续看电视。

第二章

从天而降的爸爸

库琪拿着一把小红伞回来了。吉米暗自想，自己肯定不会拿着那把红伞过马路，更不用说拿着它去学校了。

“她找不到我的伞了，”库琪说，“她只有这把。你想带上吗？”

“没关系，不用了。”吉米回答，“雨下得没那么大了。”

库琪看似不以为意，嘴里则嘟囔着：“一个男孩拿把红伞也没什么奇怪，是你想多了。”实际上，吉米看得出来，因为南希把伞弄丢了，库琪情绪有些低落。

“要是雨下大了，你就会湿透。”她说。

“要是雨太大的话，我就折回来，让你给我泡杯茶喝。”说完，吉米把领子往上拉了拉。

“那等你回来后，就到我家来。”她说。

吉米走到大门口的时候，雨已经快停了，但天很冷，还有风。一些碎纸屑被风卷起，在街上肆意翻飞，上班族急匆匆地冲进地铁口。马路对面，一群小男孩围在约翰逊先生周围。这个常在附近出没的醉汉靠在一栋建筑的墙边，上下摸索身上的口袋，似乎想找点什么东西出来。

吉米上学已经迟到了，不过他得想个办法。他得知道应该做什么、怎样做才能顺利地度过这个学年。现在已经三月份了，这个学期没剩几个月了。如果这次他也能“处理”好，几个月后他就能顺利完成十年级的课程，或许还可以直接升入十一年级。他落后得太多了，可他知道有些孩子比他强不了多少，只不过他们的出勤记录没有自己的那么糟糕。只要出勤记录良好，就算学生成绩很差也可能蒙混过关，学校也没办法，这里的大部分孩子都是在混日子。不过，出勤率低就很难办了——校方仅凭出勤率就能让学生立刻留级。

吉米向前走，风打在脸上，空气中弥漫着熟悉的大蒜和油炸芭蕉饼的味道。一个有罗圈腿的老人站在一家商店门口，腋下夹着一副棋盘。

突然，从吉米身后传来一声尖叫。他转过身，看到一个孩子朝约翰逊先生扔了什么东西，那个残疾的醉汉挥动着完好的那只胳膊，气愤地叫嚷着。吉米立即朝那群小孩走去。

“喂，你们都离他远点。”吉米吼道。

“你是谁呀？”一个小孩不服气地说。吉米猜他最多不过九岁，所以又朝他往前走了一步。

“能收拾你的人！”吉米说着推了那孩子一把。

那个男孩气哼哼地看着吉米，转身跑了。其他孩子也迅速跑开，去找其他乐子了。

“这帮孩子一点也不尊重人。”约翰逊先生说。

吉米耸了耸肩。

学校坐落在麦克多诺和盖茨大街上。一辆警车停在校门口，两个警察此时正在车里喝咖啡。

“你知道现在几点了吗？”海恩斯先生手里拿着一台收音机，站在台阶上对吉米喊道，“你上次来学校是什么时候的事了？”

“我妈妈找了看护。”吉米说。

“你有医生开的假条吗？”

“我说了，我妈妈找了看护。”吉米说完，想快速地从副校长身边走过去。

海恩斯先生伸出一只大手挡在吉米的胸前，然后指了指不远处的办公室，说：“去那里等我。”

吉米想转身逃跑，离开学校，但还是乖乖地进去了。办公室里有四个男孩和两个女孩。

“我们都会被开除的。”兰迪·约翰逊坐在一个角落，嘴里啃着一块三明治。

“我不在乎。”吉米说。

“我什么都没做呀，”罗莎琳德·埃普斯说道，“我都不知道为什么被叫过来。”这个高个子女孩瘫坐在一条长凳上，占了一多半的位置。

“你迟到了。”吉米说。

“没有，我没有！”罗莎琳德说。

“她没迟到，”兰迪说，“海恩斯先生就是把我和她挑出来，叫我们到这里来的。我们俩是最先进来的，没迟到，也没干别的事。”

吉米不相信，但他什么也没说。要是他们没迟到，那没理由让他们到这里来。

海恩斯先生又带着三个学生进来了，他发了一张留校单让大家签字。

“你做了什么？”罗莎琳德问新进来的一个浅肤色的男孩。

“我什么也没做，”那个男孩回答，“他就是把我叫了出来。我以为是让我来搬教学用具什么的，因为他问了老师几句话，然后她就让我跟他来了。”

外面的雨越下越大，雨点打在窗户上，在蒙了一层灰尘的玻璃上留下一道道痕迹。

海恩斯先生收了大家的单子，进了里面的办公室。

“我做什么了？”罗莎琳德在他背后喊道。

海恩斯先生关上了门。

“你去哪儿了？”莫里斯・道格拉斯从门缝里探进头来，“哥们儿，我以为你退学了呢！”

“我在忙。”吉米回了这个朋友一句。

“你听说了吗？托尼 D 弄伤了比利。”

“打篮球的比利？”吉米问。

“是的，他俩在餐厅闹着玩的时候，托尼 D 把比利给弄伤了。”

“还叫了警察，”罗莎琳德补充道，“他们搜查了学生们的储物柜。就算有人被弄伤了，他们也没权利这么做。”

海恩斯先生从门外探进头来。“莫里斯，上楼回教室去！”

“遵命，先生，大老板。”莫里斯故作庄重地鞠了一躬，然后就走了。

“吉米，你上楼回教室去。其他人都闭嘴，别说话，等我叫。”

“他迟到了怎么还能回教室去？他在我后面来的！”吉米出来的时候，罗莎琳德愤愤不平地说。

吉米觉得罗莎琳德也许是前一天做了什么不该做的事，或许是他们搜查储物柜的时候，在她的柜子里发现了什么东西。他快走几步追上了莫里斯，然后问他伤人事件是什么时候发生的。

“前天，”莫里斯说，“可你说说，托尼就打了一下，那家伙又喊又叫，就像被刺到了心脏。”

“你没骗我吧？”

“是真的。嘿，今天晚上你想打球吗？”

“还不确定。”

“哥们儿，你不再打球了？还是怎么回事？”莫里斯斜眼看着他说，“我们要跟里奇他们打。”

“到时候看情况再说吧。”吉米说。

“那你的意思就是不来了？”莫里斯说，“别耍滑头了。”

吉米走进教室，坎伯巴奇老师正站在前面，大家都安安静静地坐着。他躲避着老师的目光。所有人的课桌都清空了，于是他把自己的本子也放在了地上。

“我们今天进行水平测试。”坎伯巴奇老师说。

原来如此。现在吉米知道罗莎琳德为什么会在楼下的办公室了，老师们把那些会考砸的学生挑了出来。他们知道吉米不会考砸，所以才让他回到教室。这也不错，吉米想。也许到了明天，他们就把自己一星期没来上课的事情给忘了。

考试很难，分为四个部分，两个部分是英语，两个部分是数学。数学要比英语的部分简单一些。

考试进行到一半时，他突然想起来，今天没带买午餐的钱。他摸了摸口袋，看看有没有昨天剩下的钱，结果口袋里空空如也。他得去借张午餐卡，希望到时候餐厅门口没有哪个讨厌鬼守着。

午餐前十五分钟，考试结束了，这时坎伯巴奇老师说今天可以提前放学。

“想吃午餐的同学可以去餐厅，但不必非得去吃。”她说。

吉米饿了，他想去吃午餐。走到餐厅的走廊上，他看见莫里斯和克里斯·克拉克站在那里，他们也许是在找人一起去打球。吉米不想去。他倒是可以借一双球鞋，但他想自己还是回家吧。

“嗨，雪莉，你好！”

“你到底去哪儿了，吉米·利特尔？”雪莉是班上学习一直很好的几个女孩之一，她个子很高，几乎跟吉米一样高，他们住在同一个街区。

“我生病了。”吉米撒了个谎。

“我看你可不像生病的样子。”雪莉说。

“把你的笔记本借给我补一下笔记，可以吗？我想把落下的课补上。”吉米说。

“我们除了复习考试，没学什么新知识，”雪莉说，“你到底怎么了？”

“就是病了，”吉米说，“还没看医生，可能今天下午就去。”

“你明天来学校吗？”

“如果不严重的话就来。”吉米微笑了一下。

“那回见，病号。”雪莉朝他摆摆手，然后走了。

吉米没有生病，他就是感觉很疲惫。这种疲惫感很奇怪，并不是打球以后的那种累。他的肌肉不疼，胳膊和腿也都不疼。它似乎来自身体内部，就好像感到累的苗头在身体里生长。每天早上他起了床却什么都不想做，他也不知道为什么会这样。

一天早上，吉恩妈妈出门后，他试着让自己的注意力集中在身体的各个部位，想仔细感受一下它们是否都运转正常。从脚开始，然后逐渐往上，他感觉哪里都不疼，哪里似乎都没毛病，但四肢都不听使唤，就算在房间里走一圈都费力。

电视机帮了大忙，看电视是一件看似什么都没做，实际上却做了很多的差事。他能坐下来看电影，看老片子《我爱露西》，或是那些一眼就能看穿情节的电影。电影里的角色似乎对什么事都会大惊小怪，观众都为他们着急。看这样的电影，你会感觉自己仿佛也身在其中。

他真希望借了雪莉的笔记本。他说想看看自己落下了哪些功课，但其实就算在学校，他大部分时间也不会记太多笔记。

约翰逊先生还躺在那栋建筑前面的地上。如果他不站起来，等放学后小孩子们过来，他就有大麻烦了。那些小孩根本不懂事，他们戏弄一个醉汉，就像玩一个废旧皮球一样。

“吉米，快来，快！”库琪在门口喊。

“什么？”

“有人找你，”库琪说，“一个高个子，他说他认识你。我从来没见过他。”

“什么时候？”吉米问。

“你走后没多久。”库琪说。

“他在信箱里留什么东西了吗？”

“我觉得他还在上面。”

“上面哪里？”吉米问。

“楼上，”库琪说，“我没见他下来。我进屋看了一眼卡瓦米，就那么几分钟。”

“也许是学校的人，”吉米说，“没什么大不了的。”

“你还想来我家喝杯茶吗？”库琪问。她松了一口气，看来吉米觉得找他的那个人并没有那么重要。

“晚点可能会去，”吉米说，“你看见吉恩妈妈了吗？”

“没有。”

“那回头见。”

说完，吉米飞快地上了楼。他们只有一把信箱钥匙，吉恩妈妈把它放在了冰箱顶上。如果学校发了通知，应该会派人来把通知放进信箱。吉米这样想。

他上到四层，在口袋里翻出钥匙，然后小心翼翼地打开门。如果吉恩妈妈累了，就有可能忘了看信箱。

“吉恩妈妈！”他大声喊。

没人回答。

“吉恩妈妈？”他看了一眼她的卧室。没人。他走到厨房，在冰箱上面的一个篮子里找到信箱钥匙，然后一步跨三个台阶地冲下了楼。他打开信箱，里面有三封信：一张赫伯特珠宝商的明信片，一张电费单，一张梅西百货的广告单。并没有学校发的通知信。

“你好！”

一个声音吓了吉米一跳。他转过身，看见一个高高瘦瘦的男人靠墙站着。

“你好。”吉米说。他压低声调，想让自己显得成熟些。

“你是利特尔，对吗？”那个男人说。

“是啊，”吉米说，“你是谁？”

“我是你爸爸。”那个男人回答。

第三章

初次和爸爸交谈

那个男人个子很高，很瘦，吉米都能看到他那件墨绿色衬衫下的肩胛骨的轮廓。他低头看吉米的样子很古怪。吉米心跳得很快，只好张开嘴呼吸，以免让面前的这个男人发现他的呼吸有多么急促。吉米不忘把钥匙从邮箱上取下来。

“我知道你不记得我了。”那个男人说。他的声音低沉而平缓，吉米得竖起耳朵才能听清。

“你好吗？”吉米问。他说话的声音比他预想的要大，他本来没想这么大声。

“我猜还行吧，”他说，“你确实长大了。”

“你知道我叫什么名字？”吉米问。

“你叫吉米。”

“其实我叫詹姆斯。”

“不是，不是的，”那个男人说，“你就叫吉米，因为这是你舅舅的名字，我们是用他的名字来给你起名的。”

“我想……”吉米搜肠刮肚，终于说出了几句话，“可是吉恩妈妈说你……离开了。”

“现在我出来了。”那个男人说。

“你想上楼吗？”

那个男人笑了。“我怎么知道你真的是我的儿子呢？”他说，“也许你想打劫，骗我上楼，然后抢我的钱。”

“是你说你是我爸爸的。”吉米说。

“你还记得我叫什么吗？”

“什么？”

“其实，我的名字是塞弗斯，但大家都不这么叫我。”

“都叫你克拉布？”

眼前的男人点点头，然后转过身去。借着窗外斜射进来的一缕光影，吉米仿佛看到他眼睛里闪烁着晶莹的泪花。过了片刻，他又转过来对吉米说：“我想，我们可以上楼坐一会儿。”

吉米并不十分确定，这个男人虽然知道他爸爸的名字，甚至还知道他的别称，但他长得不像吉恩妈妈相册里的那个人。眼前这个男人太瘦了，可能是个瘾君子。

“你害怕让我进门，”那个男人靠着楼梯口的栏杆说，“没关系，我可以等吉恩回来再进去。”

吉米不知道该怎么办，只好走在前面上了楼。他有一点害怕，尽管他不确定自己在害怕什么。吉恩妈妈告诉过他，他的爸爸在监狱里，不过她没说过他快出来了。当他们走到家门口的时候，吉米想了想，万一这个男人不是他的爸爸，而是一个冒充者，那他该怎么办？这个男人走路的样子很古怪，吉米转念想，自己一定跑得过他。

吉米用钥匙开了门，那个男人却走开了。这一刻，吉米以为他要走了，可他从楼梯上拿了一件夹克衫和一个包裹后又回来了。吉米刚才都没注意到楼梯上放着东西。

“你上来过了？”吉米问。

“就在不久之前。”那个男人说。

吉米打开门，让他进了屋。他走进去，四处看了看，然后满意地点点头。

“你什么时候出来的？”

“上星期，”男人说，“我花了很久才想清楚我出来以后要做什么。家里有咖啡或其他喝的吗？”

“我可以煮一些咖啡，”吉米说，“我先去把书放下。”

“好啊。”男人在餐桌旁的一把椅子上坐下，双腿撑在两边。

吉米趁机溜进了吉恩妈妈的卧室，在柜子下面找到了一本相册。他飞快地翻看，直接跳过男人穿军服的那张，因为那张照片拍得太暗了。终于，他找到了想看的那一张。

照片中，一个高大魁梧的男人倚着一辆汽车站着，旁边还站着一个女人，那个女人的旁边是吉恩妈妈。站在中间的就是吉米的亲生母亲。

照片中的男人和此刻正坐在屋里的男人长得并不像，不过都是大脑门，而且照片中男人探着脑袋向上看的神态和面前的男人一模一样。

“像我吗？”

吉米吓了一跳，赶紧把相册啪地合上了。

“让我看看。”男人说。

吉米只好再打开相册，慢慢地翻到那张照片，拿给他看。

“那时候我和你妈妈想买一辆车，”男人捧着相册说，“我们去布朗克斯[1]看了几辆车，盘算着首付大概需要多少钱。我们商量着要买下来，好像是要一百多块。其实，也不算

[1] 位于纽约市最北端的一个区。

是商量，因为我们根本拿不出一百块。多莉跟吉恩说了这件事，吉恩说我们几个也许可以一起出钱买一辆车。吉恩和你妈妈是很要好的朋友。”

“你们买了那辆车吗？”

“没有，我们把钱凑在一起，结果你妈妈又想买一套家具，我们只好先买了家具。你知道，主妇们见到那些东西就挪不动步子。”

吉米又看了看照片，然后进了厨房。

他找到咖啡壶，用小勺往滤杯里舀了一些咖啡粉。

“你为什么不先写封信呢？这样大家就知道你要来了。”他一边往壶里倒水，一边问道。

“我没想好该做什么。”克拉布说。他掏出一块手帕，捂住嘴咳嗽起来，然后吐了一口痰。

“台子上有纸巾。”吉米说。

“我没想到你都长这么大了。”克拉布说，“你知道，我脑海里还是你小时候的样子：我见到你，把你抱起来，放到冰箱上面。你能想象吗？我把你抱起来，放到冰箱上面了。”

“把我放到哪儿？”就在他说话的同时，吉米的脑海中出现了这样的画面：他从冰箱上往下看，张开胳膊想让人把自己抱下来。

“你小时候我经常那样做。”那个男人说。

“哦。”

“你的学习成绩怎么样？”

“还行。”吉米倒好水，把咖啡壶架在炉子上。他扭过头，看了一眼那个男人，男人正好也在看他。“有时候我也给吉恩妈妈煮咖啡。”他说。

“你十四岁了吧？”

“快十五岁了，”吉米说，“再过几个月。”

“是啊，那就没错。”

“那你现在决定要做什么了吗？”吉米把火关小，旧铝壶下面闪着微微红光。

“是啊，”男人说，“我想带着你去全国各地转转。”

一阵敲门声传来，男人愣了一下，然后伸出手示意吉米别出声。“我想给吉恩一个惊喜。”他说。

他快速起身，进了另一个房间。这个动作把吉米吓了一跳。他看见男人把门关上后又推开了一道小缝，敲门声再次响起。

“是谁？”吉米大声问。

“库琪。”

吉米打开门。

“是学校的人吗？”库琪的半个身子靠在门框上，问道。

“不是，是我的一个熟人。”吉米说。

“哦，”库琪点点头，“你告诉吉恩妈妈，我做了一些甘蓝菜，要是她想来点，就让你下楼来拿，好吗？”

“好。”

“吉米，别光顾着看电视就忘了跟吉恩妈妈说，我可是洗了一下午的甘蓝菜叶。”库琪说。

“我不会忘的。”吉米说。

库琪冲他摆了摆手指，然后就下楼了。

“也许我不该吓唬吉恩。”吉米关上门后，男人说道。

“她不喜欢惊喜，”吉米说，“尤其会被这种一惊一乍的行为吓一跳。”

“是啊，你说得对。”那个男人说。

“你说的去全国各地转转是什么意思？”吉米问。

“你知道我是从哪里来的，对吗？”

“是的。”

“好吧，我在里面就想，你会怎么想我，你明白我的意思吧？”

“其实我并没有想你什么。”吉米说完切了两片面包，涂上黄油，然后放进烤箱，“我们还有些果酱，你要吗？”

“好吧，来点。”

吉米从冰箱里取出了果酱。

“如果是我的爸爸被关在监狱里，我就会想他是个什么样的人。”男人说，“别人一定跟你说了不少我的坏话。”

有时，当吉米一个人的时候，他会琢磨吉恩妈妈告诉他的事：他的爸爸在一场事故中弄伤了几个人。

“吉恩妈妈只是说，你做了错事。”吉米说。

“什么样的错事？”

“比如伤害别人。”吉米看着他说。

“如果我说我没有做错事，”他说，“你会相信我吗？”

“既然你这么说，我想我会相信的。”吉米说。

吉米走到窗前俯瞰着街道。一只狗被雨淋得浑身湿透，正贴着墙根走过来。它夹着尾巴，躲避着沿街走来的两个小孩。

“你是真的认为我没做那样的事，还是觉得我在说谎？”

“谁都会说自己什么也没做，”吉米说，“但他们不会无缘无故地把你关进去。”

“这就是我来这里的目的，”他说，“因为我猜到你相信我故意伤人。你不知道我是什么样的人，甚至都不知道该叫我什么。”

“你什么意思？”

“你叫刚才的那个女孩什么？”

“库琪？”

“你叫她的名字，而且我也听见你提到吉恩妈妈，那你该叫我什么呢？”

吉米看了看男人，然后又望向窗外的街道。他真后悔让男人进屋。

“那我该叫你什么？”

“你可以叫我克拉布。”他说，“我的朋友都这么叫我。也许我们可以成为朋友。你觉得呢？”

这时，他从窗外看到吉恩妈妈沿着街道走过来了。吉米什么也没说。

咖啡煮开了，吉米把火关小了一些。咖啡不再沸腾，也不再冒出泡泡。他检查了一下火苗，把火调到最小，但不让火完全熄灭。没过多久，咖啡再次沸腾起来。他不知道冰箱里还有没有牛奶，于是去看了一下。

吉米想，要不要下楼去告诉吉恩妈妈家里来人了。他真希望自己有个主意。

“那么，你就叫我克拉布，我叫你吉米，”克拉布继续说道，“你觉得这样可以吗？”

“可以吧。”吉米回答。

“你知道，我有很多事情想告诉你，我很后悔自己没有写封信。”

“在那里面，你可以随时写信吗？”

“可以啊，这是我唯一一件想做就能做的事。”克拉布说，“我给你写过几封信，但一封都没寄出。”

“为什么？”

“大部分时候我都不知道该说些什么，”克拉布说，“我想说的写下来以后又觉得不太恰当。你知道，有些事是需要一步一步慢慢解释清楚的，而不是自己觉得没问题就能一股脑儿地全部倾吐出来的。”

吉米很想好好地看看他而不被他发现。他希望他们两个能站在镜子前，看看自己和他长得像不像。可他知道，那个男人在看自己，在盯着自己的一举一动。他没法放松下来。

“那你出来了，很开心吧？”

“是啊，很开心。出来一定很开心，”克拉布说，“不能在那种地方待上一辈子。”

“我朋友说监狱里有很多人都会沉思。”

克拉布说：“在里面，人们有大把的时间思考。你会思考为什么自己不早点想清楚自己该做什么、不该做什么。”

吉米取下两个杯子放在桌子上。

“你喝很多咖啡？”克拉布问。

“啊，吉恩妈妈回来了。我觉得你还是不要吓唬她或搞什么突袭。”吉米说。

“她现在回来了？”

“是啊。”吉米听见楼梯发出吱吱呀呀的声音，且一直持续到了门口。吉米回头看了一眼克拉布，只见他又紧张起来，坐直了身体，双手紧握咖啡杯。

还没等吉恩妈妈敲门，吉米就把门打开了。

“但愿你不是因为我们家没有牛奶或是别的什么东西了，就站在门口一直等着我回来，孩子。”吉恩妈妈拎着一个大购物袋，里面的芹菜露了出来。

“克拉布来了。”吉米说。

“谁？”吉恩妈妈停在门口，她也看见了克拉布，“哦，我……你是什么时候来的？”

“大概两个小时以前吧。”克拉布站起来，绕过桌子，伸开双臂抱住了吉恩妈妈。

“哦，我的天哪！”吉恩妈妈仰着头说，“让我好好看看你！哦，我的天哪！”

吉米看着眼前的这两个人拥抱在一起。吉恩妈妈不停地摇头，用手拍打着克拉布的肩膀。

“你什么时候出来的？孩子，我们得庆祝一下！桑尼还住在这条街上，你给他打电话了吗？”

“没有。”克拉布摇摇头，“我不能久留。我找到了一份在芝加哥的工作，马上得走了，我就是来接吉米的。”

“什么？”吉恩妈妈走到一把椅子旁重重地坐下。她将信将疑地看了看克拉布，又看了看吉米，然后扭头对克拉布说：“哦，不，克拉布，不要告诉我，你要把吉米从我身边带走。”

“我要去那边工作了，吉恩，”克拉布说，“这是释放我的一个条件。”

“那，能不能等到……”吉恩妈妈站起来又抱住了克拉布，“我们以后再说，等到明天或什么时候，现在就让我再看看你！”

“我今晚就得走。”克拉布说。

第四章

相逢后的另一场离别

吉恩妈妈深吸一口气，然后直了直身子。吉米发现，她看克拉布时，嘴角紧绷起来。这个女人转过身，走到水池前，拧开水龙头开始洗手，嘴里哼着曲调。

“我在里面待了快九年，”克拉布说，“我不能违反他们的命令，不能把自己再搞进去了。如果他们要我周末前去工作，我就得照做，没有商量的余地。”

吉恩妈妈继续哼着曲调。一辆公共汽车从楼下的那条街道驶过，传来发动机低沉的轰鸣声，仿佛是为吉恩妈妈哼的曲调伴奏。

“你得去芝加哥工作？”吉米问。

“我本该现在就出发了，”克拉布边说边从椅子上扭过身，背对着吉米，“坐公共汽车要花很长时间。一旦我到了那里，他们肯定不会让我请假再回来接孩子的。”

“哦。”吉米望着吉恩妈妈的后背，看到她正擦拭着厨房的台面，肩膀随着她的呼吸一上一下地起伏着。

“你怎么想，吉恩？”

“水槽又堵了，”吉恩妈妈说，“公寓管理员应该把它修好的，可还是老堵。”

“你有工具吗？”克拉布问。

吉恩妈妈打开一个抽屉，拿出一个扳手放到台面上。“别把水都弄到地板上了。”她说。

克拉布趴在地上探头往水槽下面看，里面有一个架子，上面放了一些抹布，还有一些蟑螂药。他把里面的东西都拿出来，放在地上。

吉恩妈妈坐在桌边，目光投向吉米。可当吉米看向她，试图从她的表情中解读出她内心的想法时，她的目光又会移开。

“这个水槽太旧了。”克拉布念叨着。

“要是你修不好，明天早上我叫管理员过来。”吉恩妈妈说。

“把存水弯管卸下来就好了。”克拉布说。

吉米看到克拉布比对着弯管下面的螺帽调整了一下扳手，他刚要去拧，扳手就不小心掉到了橱柜里面。克拉布低声嘟囔了一句。吉米又看了一眼吉恩妈妈，她的嘴闭得紧紧的。

外面起风了，松垮垮的窗框被风吹得哐啷直响。吉米不知道该怎么办。

“你决定要待在芝加哥？”吉恩妈妈问。

“我也没有别的办法。”克拉布回答。他扭过头看着吉恩妈妈，额头上闪着汗珠。他用指尖抹了一下眉毛，又说了一句：“我就没喜欢过芝加哥。”

“那你为什么要到那里工作？”

“我写过很多求职信，”克拉布盘着腿、弓着腰坐在地板上说，“大多情况都连个答复也没有，所以这份工作一给我回复，我就马上报告给了假释委员会。如果超过三个月没去报到，他们就不会再批准我去了，因为他们会判定这个岗位已经没有了。”

克拉布又开始拧弯管下面的螺帽。螺帽拧松后，他扭过头问吉米，有没有接水的旧罐子什么的。

“去拿那个放油的罐子吧，”吉恩妈妈说，“里面没多少油了。”

吉米打开冰箱，把吉恩妈妈曾经装过咖啡的油罐拿出来。她说得没错，里面没多少油了，只剩下底部浅浅的一层。他把罐子递给克拉布。

“那我猜，我再也见不到他了，对吗？”吉恩妈妈问道。

吉米感觉胃里一阵寒意，还抽搐了一下。他看了看吉恩妈妈，又看了看克拉布。克拉布正对着水槽，吉米看见他拧了几下螺母，水就一下子涌了出来，克拉布还没来得及把罐子接在下面，水已经顺着他的胳膊流下来。罐子很快就盛满了水，还溢出来不少。

克拉布把罐子放下，然后用抹布擦拭洒在橱柜里的水。

“吉恩，我想先工作，然后慢慢稳定下来。”他一边把橱柜上的水擦干，一边说。接着，他转过身，一只手撑着地，继续说道：“这么长时间以来，你一直照顾吉米，我当然不希望你认为我要把吉米从你身边夺走。”

“可你要去芝加哥。”吉恩妈妈掷地有声，一针见血。

“我想和我的儿子待一段时间。”克拉布看着吉米说，“这段时间我需要有个家，等我振作起来，你知道，就是等我把自己的生活安顿好以后，也许我们大家可以重新聚在一起生活。”

“我不需要你把我弄到一块儿，”吉恩妈妈说，“我也不需要你把吉米弄到一块儿。”

“这个我知道，”克拉布说，他用擦干水的破抹布擦了擦手，“我不是傻子，我一直都在强调我需要什么。”

“那你需要多长时间才能振作起来？”吉恩妈妈问。

“我不知道，”克拉布说，“不过等我觉得差不多了，我就考虑搬回纽约，到那时我和吉米就在这附近找个住处，或者吉米也可以和你住在一起。”

“假如你一直振作不起来怎么办？”吉恩妈妈问。

“那我就把吉米送回来。我给他买张火车票或者飞机票，总之，你不用担心，我不会伤害自己的孩子，你知道我不是那样的人。”

克拉布把手指伸到了弯管里，四处摸索着，似乎在找什么东西。过了一会儿，他掏出来一个叉子，上面缠着头发，叉子已经被掰弯了。

“给我看看那把叉子。”吉恩妈妈说。

吉米把叉子拿给吉恩妈妈看。“我都不记得家里有这把叉子了。”吉米说。他的声音听起来很奇怪。

吉恩妈妈抬起头看着吉米，拍拍他的手说：“克拉布，如果你对这个孩子不好，我一定不会放过你的。”

“他是我的儿子，吉恩。”克拉布说。

“为什么不能明早再走呢？”

“为了保住这份工作，我不能去晚了。”克拉布说。

“我给你们做些吃的。”吉恩妈妈说。

吉米胃疼得厉害，他回到自己的房间，开始翻看学校的课本，眼前的字迹模糊一片。他能听见房间外吉恩妈妈和克拉布的对话，吉恩妈妈让克拉布别再惹什么麻烦，克拉布说他不会。吉米的胃太疼了，疼得他几乎无法呼吸。他记得小时候哮喘发作时，他都是站起来不让自己躺下，因为他怕自己一躺下就再也起不来了。

吉恩妈妈走进来，吉米扭头看见她从自己的衣柜中搬出一个箱子。

“吉恩妈妈？”

“怎么了？”吉恩妈妈没看他。他从梳妆台的镜子里看到吉恩妈妈哭了。

“你觉得我该去吗？”

“他是你的爸爸。”说完，她紧闭着嘴唇，不让嗓子里发出抽噎声，“就是太突然了，我都不知道该怎么办了。”

“你觉得我该去吗？”吉米又问了一遍。

吉恩妈妈走过来，把他的头揽在怀中。“你跟他去吧，孩子，”她说，“但记住，吉恩妈妈这里永远是你的家，要是过得不好，你就回来。要是你不知道怎么回来，我就去接你，无论你在哪儿，听到没？”

她用手托起吉米的脸，深情地看着他。她的嘴紧紧抿着，眼泪倾泻而出，流过脸颊。吉米一把抓住吉恩妈妈，双手紧紧地抱着她，不舍得与她分离。

她推开吉米，泪眼婆娑地看着他的眼睛说："亲爱的宝贝，你懂我的意思了吗？只要我还有一口气，这里就是你的家，你明白了吗？"

"我明白，吉恩妈妈。"

吉恩妈妈帮他收拾行李的时候，吉米就坐在一个角落里看着窗外。这一切发生得太突然了，他都不知道该想些什么、该怎么想。吉恩妈妈走过来，用被单的一角擦了擦吉米的脸。她的眼眶中噙满泪水，却仍向吉米挤出一个微笑。

"这么多年来我们一直很坚强，"她说，"我们要永远坚强下去，知道吗？"

吉米点点头。每次他们遇到难事的时候，吉恩妈妈都会这么说。他们一直都很坚强，而且要永远坚强下去。

吉恩妈妈给他们做了炸鸡、西班牙炒饭，还到楼下的库琪家拿了一些甘蓝菜。库琪也来了，吉米猜她是想见一见克拉布，不过她没有待多久就走了。

他们默默地吃完饭，之后吉米要去洗碗，吉恩妈妈阻止了他。吉米和克拉布就坐在桌边看着吉恩妈妈为吉米收拾东西。

吉米心里很难受。他不知道该说些什么，也不知道是否应该跟那个男人走。他想，自己干脆跑到街上去，等克拉布走了再回来。吉恩妈妈说了，如果过得不好他可以再回来，这样也行。

“你要带上你的课本吗？”吉恩妈妈问。

吉米点点头。吉恩妈妈把书从电话架上拿过来，放进了行李箱。在她合上箱子的那一刻，克拉布站起来，说他们该启程了。

“没事的，吉米。”他说。

临别时，克拉布拥抱了一下吉恩妈妈，吉米也走过去与她拥抱，她亲了亲吉米。之后，吉米跟着克拉布下了楼。吉恩妈妈扭过脸，躲开了他们的目光，心里十分不是滋味。

克拉布和吉米走到楼下，门廊上坐着的几个人正在放磁带听音乐。走到街上后，他们突然听到吉恩妈妈在身后叫他们。吉米停下脚步，抬头朝楼上看去。

“这里还有一本书没带！”她从楼上喊。

“你需要那本书吗？”克拉布问。

“需要。”吉米一边回答，一边放下行李箱。

吉米跑回到门廊下，伸出手接那本书。吉恩妈妈招呼他上楼来拿，然后就消失在了窗口。

吉米看了一眼克拉布，他已经走过来了。

“她就是不想让你走，”克拉布说，他的语气很生硬，“跟我走吧，要不她一晚上都会拖着不让你走。”

“我很快就回来。”吉米说。

没等克拉布回答，吉米就像箭一样冲上了楼。吉恩妈妈手里拿着书在门口等他。

“这里是五十块钱，”她说着，把钱包在一个手绢里，塞给吉米，“别让他知道你有钱，要是过得不好就回来，宝贝。”

“我不能拿你的钱，吉恩妈妈。”

“上天会保佑我们的，吉米，”吉恩妈妈说，“不要担心。”

吉恩妈妈一把推开他，快速转身进了门。这栋小小的公寓是吉米记忆中唯一的家。

吉米把钱放进口袋里，慢慢走下楼，来到克拉布身边。

他们沿街走了两个街区，然后克拉布想停下来休息。

“在这里等一下。”他对吉米说。吉米看见他朝一个小杂货店走去，约翰尼·克鲁兹的爸爸就在里面工作。吉米注意到克拉布走路的方式很奇怪，好像他的腿不会打弯，只能僵硬地来回摆动，这种走路姿势也带动他的脑袋不停地左右摆动。

克拉布走进杂货店，很快就出来了。他在路边停下来。吉米想，他是不是改变主意，不带他去芝加哥了？

“准备好了吗？”克拉布问。

“嗯。”吉米回答。

克拉布走到一辆灰色的越野车前，从口袋中摸出一把钥匙，然后打开了后备箱。

“我都不知道你有车，”吉米说，“我还以为你跟吉恩妈妈说我们要去坐公共汽车。”

“我的开车技术不太好，”他咧嘴笑了一下，“她肯定知道。我一直被关在里面没时间练车，告诉她的话只会让她更担心你。”

吉米把行李放进后备箱。克拉布把后备箱合上，然后走到驾驶那一侧，打开车门坐了进去。吉米回过头，朝吉恩妈妈的方向望去。他存有一线希望，幻想她站在街边向他招手，让他回来。如果她真的在那里呼唤他，或许他会真的回去。

“我猜，你见到我一定很吃惊吧。”克拉布说。

“是的。”

“吉恩妈妈让你给我写信了吗？”

“她说我愿意写就写，”吉米回答，“我不常写东西。”

雨又开始下起来。吉米心里想，现在吉恩妈妈一定坐在电视机前的大椅子上，用指尖轻轻划过椅垫上的图案。克拉布正在捣鼓方向盘左侧的那些按钮，最后终于找到了控制雨刷器的那个。

“你长得像你的妈妈，”克拉布说，“反正有点神似。”

“我有她的照片。”吉米说。

“我想要一张，”克拉布说，“有人把我的那些照片偷走了。”

“他们还会偷照片？”吉米问。

克拉布看了他一眼，耸耸肩说：“是啊，他们偷照片。有些人还会从杂志上剪图片。反正那儿不是人待的地方。”

车越开越远，吉米渐渐放松下来。虽然他还是有些呼吸困难，但觉得自己并不是哮喘犯了。吉米知道自己累了，特别累。没过多久，他睡着了，又猛然间惊醒。克拉布扭头瞥了他一眼，没有说话，又转头看向前方的路。

吉米开始想念吉恩妈妈。他不知道这场雨会不会让她的关节炎发作，要是那样的话，早上她起床都困难，而他没法给她泡杯茶。他不知道她是否也在想他，是不是也很难过。他想对她说句“你好吗”，也想说句“我爱你”。

吉米发觉自己的视线模糊了，索性闭上眼睛。他告诉自己，一切都会好的。他一直想要个爸爸，就像别的孩子一样。他的脑海里总想象着爸爸叫他按时回家，或者是当他没完成作业时爸爸对他发脾气的画面。他想象着他们一起去打棒球，或者一起在公园里散步，但他从没想过和爸爸一起去芝加哥。

第五章

揭开真相的一次对谈

吉米缓缓地睁开了眼睛，一时间不知道自己身在何处。车停靠在路边。天还很黑，路边的电线杆像奇怪的长颈鹿，个个伸长了脖子，它们会发光的大眼睛点亮了夜空。他发现电线杆发出的绿色光圈里有小飞虫在穿梭。吉米扭过头想看看克拉布是不是在后座上——后座没人。

他重新闭上眼睛，打算继续睡，可又猛然睁开眼睛，再次扭过头向车后看了一眼，想确认一遍。远远看去，他发现了一个加油站。他想，也许是他们的车没油了。他打开车门，下了车。

夜里很凉，他不禁颤抖了一下。他走到车尾，又朝加油站的方向望去，还是没看见克拉布的身影。树叶混着杂物被风刮过马路。黑暗中，一只小动物发出窸窸窣窣的声响。吉米又钻进车里，使劲儿把车门关上。他想打开收音机，可手伸到半空就停了下来，放到大腿上。

他锁上车门，又检查了一下克拉布那侧的车门锁没锁，发现没有。他深深吸了一口气，又扭过头朝加油站的方向看了一眼。

吉米看见他了。从走路的样子来看，吉米能判断出那个高高的身影就是克拉布。吉米一直看着他，看着他慢慢走近，直到完全看清男人的面目后才打消了疑虑。那就是克拉布，没错。

他转过身，打开车门锁，在座椅上坐好，赶紧恢复成原来睡着的样子。过了一会儿，克拉布打开了另一侧的车门，坐到操控方向盘的驾驶位，发动了汽车。吉米一直闭着眼睛，他感觉到车子嘎吱嘎吱地碾着马路牙子上的碎石，然后猛地一下开上了高速公路。他睁开了眼睛，又伸展了一下四肢。

"你醒了？"克拉布问。

“嗯，”吉米说，“我们快到芝加哥了吗？”

“还有一段路，”克拉布说，“过一会儿我们得停下给车加油，再找个地方吃饭。你饿了吗？”

“不太饿。”吉米说。

“我也要给你的吉恩妈妈打个电话。”克拉布说。

沉默中，他们又向前行驶了一个小时。远处，天边开始泛起亮光。他们离城市越来越近了，灰色的天空下出现了一些建筑的轮廓。路上的车辆也越来越多，一辆辆大卡车从他们身边轰鸣而过，朝城市的方向疾驰而去。

“我们现在到哪儿了？”吉米问。

“克利夫兰。”克拉布说。

克拉布开车兜了一圈，好像在找什么地方似的，最后，他把车停在了一个服务区。他摇下车窗，告诉工作人员把油箱加满。

“我们要去洛杉矶，现在得去吃点东西。”他像个熟人一样对那个深棕色皮肤的工作人员说，“我们能不能把车暂时停在围墙那边，然后去吃个早饭？”

“你得先付油钱。”那个人说。他斜眼瞥了一眼克拉布。

“那是当然，我只是不想花一上午时间找停车位。”克拉布点点头说。

工作人员也点头表示同意，然后转过头继续加油。油箱被加满后，克拉布付了钱，把车停到了围墙边。

他们朝对面的小餐馆走去。“真该把你吉恩妈妈做的鸡肉带上一些。”克拉布边走边说。那家小餐馆的招牌上写着：克罗内特。

他们找了一个卡座坐下，克拉布让吉米想吃什么就点什么。吉米点了一份薄饼和一杯牛奶。

“给我来两个双面煎蛋加五片培根。”克拉布说。

“一份只有四片培根，”为他们点单的服务员说，“你想多要的话，可以买双份。”

“那就给我点双份，再来杯咖啡，”克拉布说，“你们的电话在哪儿？”

服务员指了指墙上的电话。克拉布起身朝电话走去。

吉米很想知道夜里他们的车停在路边服务区的时候，克拉布去做什么了。也许他只是去上厕所？吉米心想。

吉米朝克拉布看去，他正低着头打电话，背对着餐厅。克拉布转过身，看见吉米正望着他，便对他竖起大拇指，吉米也对他竖起大拇指作为回应。

吉米很想知道自己在克拉布的眼中是什么样的，不知道克拉布觉得他们长得像不像。这时，餐厅里进来了一些人，都是工人的打扮，而且大部分是黑人，其中有一个高个子男人，他的脖子很长，腰间系着一条挂满工具的皮带，吉米琢磨他是做什么工作的。那条宽皮带上挂着三种不同型号的老虎钳——都是红色的把手，还有几把螺丝刀，另外一个工具吉米从未见过。那个人分开双腿坐在凳子上，好像骑马一样，然后自顾自地读起报纸。服务员给他上了一杯咖啡和一个炸甜甜圈后，一言不发地走开了。

“你吉恩妈妈问你睡得怎么样，”克拉布回到卡座后对吉米说，“我跟她说你几乎一晚上都在睡。她没必要担心你。”

“她没说要跟我说话？”吉米问。

“我想她正准备去上班。”克拉布说。他在座位上活动了一下身体，然后看向窗外。“你觉得克利夫兰怎么样？”

“还行。”吉米说。他想象着吉恩妈妈准备去上班时的样子。如果天冷了，她会穿上那件蓝色的外套，把脖子裹得严严实实的。不管多冷，她从不戴手套。

一个胖胖的女孩给他们端来了早餐，她把一罐糖浆放在吉米的薄饼旁。

“我在克利夫兰有些朋友，”克拉布说，“我们可以在这里住一阵。”

“我还以为你要去芝加哥工作呢。”吉米说。

克拉布把盘里的培根拨到一边，然后用吐司面包使劲儿蘸了蘸蛋黄，狼吞虎咽地吞了下去。“嗯，我想是吧。”他回答道。

克拉布看上去很累。

餐厅的门开了，一个男人滚着一个小圆桶进来了。

“是有人问帕里斯要些鱼吗？”那个人问。

“是的，”刚才给他们端来食物的女孩说，“鱼新鲜吗？”

“太新鲜了，它们都想去沙滩上撒个欢儿呢。”那个男人说，他笑起来时露出一颗金牙，“我跟它们说，等我喝完咖啡就带它们回水里去！”

“要是它们相信就太傻了。”那个系着工具皮带的人说。

“鱼都是傻瓜。”鱼贩子说，“如果你把金鱼放进一个碗里，它们一样游来游去，什么事都没有。”

“给我来二十磅[1]的鱼。”女孩说。她从柜台后面走出来，看了看桶里的鱼。“都是鲷鱼，对吗？”

“大部分是鲷鱼，”鱼贩子说，“里面也有几条牙鳕[2]。”

“好吧，那称三十磅吧。”女孩说。

就在这时，吉米看见克拉布突然从座位上跳起来，他拉开窗帘一角，向窗外看去。吉米也看过去，看到一个警察正在跟服务区的那个工作人员说话。他们交谈了一会儿，警察就走了。克拉布松开窗帘，回到座位继续吃饭。

吃过早饭后，吉米的胃又开始疼了，一定是哪里出了问

[1] 英美制重量单位。1 磅约合 0.45 千克。——编者注

[2] 牙鳕是一种肉为白色、可食用的小海鱼。

题。他现在最想做的事就是给吉恩妈妈打个电话。他本来想问问克拉布是否允许，转念一想还是算了，但心里暗自决定，只要有机会就去打这个电话。

他们走出餐厅过了马路，往停车的地方走去。“到我们要去的地方还要多长时间？”吉米问。此时一辆运输快递的棕色卡车停在他们面前，他们等卡车开过去后继续往前走。

“你有急事？”克拉布问。

“我就想知道，有问题吗？”吉米强硬地回嘴道。

“没，你想知道是没问题的，”克拉布说，“过不了多长时间我就要去工作了。”

“我想给吉恩妈妈打个电话。”这话一出口，连吉米自己也吃了一惊，还有些不知所措。一方面他不想告诉克拉布，可另一方面他又想说出自己的需求，想看看克拉布的反应。

“我觉得你这样会让她担心的。”他们走到车子旁，克拉布说，“上车。”

“不，我现在就要给吉恩妈妈打电话。”吉米四处张望着想找一部电话。

“吉米——”克拉布刚开口，吉米就发现了一部公用电话，他大步朝服务区对面走去。

吉米到了那里，摘下话筒，开始拨号。然后他发现自己忘了拨区号，就又重新拨。可此时，克拉布的手已经从他身后伸过来，切断了线路。

吉米猛地转过身，双手把电话筒抱在胸前。

“你为什么要这样？”他说。

“我能跟你谈谈吗？”克拉布问。

“你要说什么？”吉米听见自己的音调升高了。

“就给我一点点时间，让我跟你谈十分钟，”克拉布说，“小子，我想要的不过是一个机会而已。”

“好，谈吧。”吉米说。

“我们上车去，在路上谈。”克拉布说。

“为什么不能就在这里说？”

“是这样，”克拉布转过身，发现那个工作人员正看着他们，他又转过来对吉米说，“吉米，我做的事伤害到你了吗？我大老远到纽约去接你，不是要对你做什么坏事，我只是……”

克拉布的呼吸开始变得沉重，胸脯一起一伏的。他看看吉米，然后又看看别处，眼里充满了恐惧和悲伤。

“为什么不能在这里谈？”吉米又问了一遍。

“因为警察在找我。”克拉布说。

吉米看见那个工作人员正在洗车，但时不时会看向他们。街道远处，刚才和工作人员说话的那个警察现在又在跟一个邮递员交谈，邮车就停在他们中间。

克拉布回到停车的地方，上了车。吉米转身朝相反的方向走去，他不知道该怎么办，不知道该跟克拉布说什么，他甚至都不太了解克拉布。

吉米一边走一边流泪，泪水模糊了他的视线，光线成了点点碎片。他想找一个公共汽车站，坐公共汽车回到纽约，可他不知道自己为什么想要逃离，或者说，他为什么要害怕克拉布。然而，他感到害怕，既害怕又疲惫。

他停下来，转身往服务区走。克拉布调转车头，把车停在他的身边。

“听我说，就给我一点时间，让我跟你谈谈。”克拉布说道，“聊完之后你想做什么都行，我不会逼你做什么，拜托了。”

吉米向远处看了一眼，看见那个工作人员在跟警察说话。于是，他上了车。

克拉布开着车往克利夫兰市中心驶去。路上行驶的车开始多起来，越到市中心，街上穿西装的人越多，而穿工装的人越来越少。吉米尽量贴着车门坐着，克拉布的双眼一直盯着正前方。车驶到一个公园附近，克拉布左转进入了一条宽阔的街道。街上有一群孩子正走在上学的路上，这群孩子有各种肤色，看上去跟纽约的孩子没什么不同。

吉米吸了吸鼻子，然后又有点后悔，他不该这么做的，因为他不想让克拉布感觉自己害怕他。

他们的车开进了公园，沿着湖边的一条路继续开，从另一侧出去后就上了高速公路。

“我进过格林黑文监狱，”克拉布说，“而且进过两次。第一次是因为抢劫，后来我又进了罗威监狱，然后又回到原来的那个。这一次让我在里面待了八年，应该还有两年才能获得假释。我觉得我不会被假释了。”

说完，他把右手从方向盘上移开，活动了一下手指的关节，然后又把左手移开，做了同样的动作。

“我感觉身体不舒服，不是这里疼就是那里疼。所以，有一天我就去了监狱的医务室，跟他们说我后背疼。他们什么也没说，就给我吃了一些阿司匹林药片，吃过之后还是疼。结果后来发现，并不是我后背的问题，是因为我的肾出了毛病。他们让我住院，而且他们说话的样子……”

克拉布扭头看向窗外。克利夫兰郊外的办公楼看着比市中心的要新。吉米感到奇怪的是，人们要怎么过来上班？吉米扭头看了一眼克拉布，想读懂他脸上的表情，但什么都没看出来。

“然后呢？”吉米问。

“接下来的事，我就要想想了，”克拉布说，“一到晚上，我坐在牢房里，怎么也睡不着，满脑子都是你。”

吉米扭过头。“可是你没写信给我。”

“嗯，我知道。我写过，但没寄出，因为在纸上我怎么也写不出来想对你说的话。”

“那你想说什么？”吉米问。

“首先，我想说我爱你，”克拉布说道，“可这话听上去好像不太对，你看，连我自己都觉得是假话。也许只是因为我发现自己病重了，所以才这么说吧。”

“你得了什么病？”

“我不知道，”克拉布说，“他们告诉我一个我不懂的专业术语，多半和肾有关。他们说我可以保留一个肾，然后得上个什么机器把血液清洗一遍。我不知道他们会怎么对犯人做这些治疗，也许他们会认真，也许不会。我不确定。”

“那和吉恩妈妈有什么关系？”吉米问，“你为什么不让我给她打电话？”

“你想让她担心吗？”克拉布问，“我觉得你是个男子汉，不会那样做的。”

吉米没说话。

“所以我得为自己打算。”克拉布说。

“那是什么意思？”

“我去了医院，诊断显示病情很重。我知道医院里他们管得不严。上星期有一天，他们要打扫我的卫生间，护士就让我去用走廊上的员工卫生间。有人喊她去做别的事，我就趁机下楼了。”

“你是说，你逃出来了？”吉米问，“现在警察正在找你？”

“是啊，因为……”

吉米无力地喊了一声，他握紧了拳头。

“你为什么不听我说话？为什么不听我说？”克拉布抓住吉米紧握的拳头，“我是为了你，吉米！我发誓，我都是为了你！”

吉米忍不住放声大哭，他知道自己不应该哭，想憋住，但实在难以抑制激动的情绪。“嘿！你不是为了我！”

“给我一分钟的时间！让我告诉你为什么我要这样做！”

“停车！让我下车！”

克拉布把车靠边停下，转过身抓住吉米，吉米奋力挣脱，想把车门打开。“我是为了你才这么做的，让我告诉你到底是怎么回事。我只求你给我五分钟时间。我是你爸爸。”

“你什么都不是！”吉米深深吸了一口气，努力让自己平静下来。他用手在脸上抹了一把。

“我是想写信给你，可写出来的感觉完全不对。怎么写都不对，我觉得自己什么都不是，就像你说的，我什么都不是，我也这样觉得。我想过你会怎么看我，就像我的爸爸，我以前老说他什么也没给我们留下，但至少我爱他。但你不会这么说，你都不了解我！”

“确实是，我不爱你！”吉米说。

“没关系！我很受伤，但能扛得住。”克拉布说，“我只想给你澄清一件事，那就是我没有杀那些护卫。

“无论在这个世界上我做了什么坏事，我都不可能杀人。我无法向法官证明，陪审团也不相信我，但我可以向你证明这一切！我能证明，吉米！”

吉米看着克拉布，发现他的眼眶发红，眼眶里充满泪水。

“你为什么不证明给……”他的声音弱下去。

“我为什么不证明给陪审团？”克拉布双手紧紧握着方向盘，“因为他们没有理由相信我说的话。他们知道我不过是个阶下囚，知道我没文化，他们看到的只不过又是一个等待着判决结果的黑人，仅此而已。他们为什么要相信我？”

“要是你没做那些事，那他们一开始为什么会找到你？”

“让我告诉你那天到底发生了什么吧。”

吉米耸耸肩。“你想说就说吧。”

“这是我一年来最想做的事了。”克拉布说。

他检查了一下后视镜，重新发动汽车，把车又开上了高速公路。

“我住在布朗克斯区[1]的达利大街上的时候，有几个家伙

[1] 布朗克斯是纽约的五个行政区之一，位于纽约市的最北端。

过来说他们有个一劳永逸的差事。”

“一个什么？”

“一劳永逸的差事，”克拉布又说了一遍，“就是可以捞点钱什么的。我当时没钱，也没工作。”

“当时我在哪儿？”

“你跟吉恩妈妈住在一起。我觉得她比我更适合照顾你。”克拉布说。

“她说过你有时候给她寄钱。”吉米说。

“她说过？”

“嗯。”

“有两个人朝我走过来，”克拉布继续说，“一个叫里奇·达顿，他们都管他叫弗兰克，还有一个人叫莱德尔·德普伊。莱德尔不怎么说话，都是弗兰克在说。弗兰克住在布鲁克林，莱德尔是我老乡。”

吉米在脑海里想象着克拉布说的这两个人的模样，但想不出来。他不停地问为什么自己要待在这里，他做错了什么？

“他们告诉我，他们认识一个在运钞公司上班的人。”克拉布接着说，“那个人告诉他们，运钞车要运一大笔钱经过皇后区[1]的一个黑人社区，开运钞车的人会在自由大道的熟食店

[1] 皇后区位于纽约市东，是纽约人口第二多的区。

停下来买三明治，我们可以在那个时候动手。”

“你的意思是抢劫他们？”

“是的。我跟你说过，我做了错事，我也不想隐瞒什么，但我不想让你认为我杀了人。”

“嗯。”吉米看着窗外。路边有些大型的广告牌，他试着倒着读出上面的内容，用声音来掩盖克拉布的话，他不想听，可还是听得见。

“一切都准备好了，就等着下个星期三。我开始觉得不对劲。不管什么时候抢劫运钞车都是冒险，护卫们都有枪，而且你不知道他们是警察还是别的什么安保人员。

“计划行动的那天，我凌晨两点半就醒了，有一颗牙让我疼得半边脑袋都要爆了。整个事情全都搞砸了。所以，弗兰克和莱德尔来找我的时候，我就告诉他们我退出了。我说也许再等一星期可以，就下星期吧。莱德尔对此没有异议，可弗兰克却很不耐烦。

“我们来来回回说了半天，最后他们决定没有我的加入，他们也去干。那天晚上，我从收音机里听到了这件事。收音机里报道说，他们认为是两个波多黎各人干的，大概抢走了三四千块钱的样子，不过是一点小钱。收音机里还说有两个护卫中枪了，一个死了。我好庆幸自己没去。”

“我以为你就是因为那件事才被关进去的。”吉米说道。

“这是他们对我的指控，”克拉布说，“但事实并不是这样。那天过后，我去诊所看牙，等我回到家，三个警察在大厅等我。他们一句话没说就把我按倒在地。”

这时，他们的车噼啪一声熄火了，车速很快慢下来。他们后面一辆车的司机疯狂按着喇叭超了过去。就在他们的车差点偏离车道的时候，发动机又点着了。

“一定是水箱出问题了！”克拉布摇摇头，“你没事吧？”

“没事。”

发动机静静地运转着，克拉布深吸了一口气。他的身体向前倾，两只胳膊无力地耷拉在方向盘上。他看了一下吉米，又看了一下后视镜，然后把车转向了右侧车道。

“然后发生了什么事？”吉米问。

“他们押着我进了房间——那时候我住在一个出租屋里，他们到处搜查，问我把钱藏在哪儿了。他们问我的脸怎么了，我告诉他们我刚拔了牙。

“他们把我带到了警察局，我浑身都疼。老天，疼得要命。他们把我带进了一个房间，弗兰克也在里面。他的脑袋上缠着绷带，左胳膊用三角巾吊着。他们问他：我是不是跟他一起抢劫的人，他说是。”

“你都不在现场，他为什么那么说？”吉米问。

“我不知道，”克拉布摇摇头，“据我的律师分析，也许就是他开的枪。如果他说是莱德尔，那莱德尔就会指认是他开的枪。如果他说是我，那我就会说自己是无辜的。然后，他可以避重就轻地认罪，说我才是那个开枪的人。”

“那你说了什么？”

“我跟他们讲了实话，和我跟你说的一样，”克拉布说，“可陪审团不相信我。当弗兰克承认他参与了抢劫，他们就自动认为他说的是实话，是我开的枪。所以，他们就这样满意地结案了。弗兰克被轻判了，莱德尔逍遥法外。”

“如果你说的是实话，那他们应该相信你。”吉米说。

“你相信我吗？”克拉布问。

吉米耸耸肩，没说话。路前方出现了一个电视机的霓虹灯箱，中间是一张真的电视机图片，下面写着大字：索尼，美国款。

“你相信我吗？”克拉布又问了一遍。

“我不知道。”吉米说。

“你不相信我，”克拉布说，“但你也找不出什么理由。要是弗兰克站在这里说是我干的，那你就真的不会相信我了。”

“他还在监狱里吗？”

“他告发了我，所以只被判了十八个月，结果十个月后他就出狱了。后来，他因为故意伤人又被抓了进去，被关在南边的佛罗里达州。”

“那另一个人呢？”

“莱德尔吗？我也不知道他有没有因为这个案子被抓进去，在那之后我就再没见过他。我猜他被抓了，因为他消失了。不管怎样，两个月前我找到了他的住址。刚才我跟你说过，他是我老乡。我们就是去找他，去我的老家阿肯色州。不过，我要先去芝加哥见个人。”

“我以为你在芝加哥有工作。”吉米问。

“我也许得在那里工作一段时间，”克拉布说，“先挣一些钱。”

吉米闭上眼睛。他有些头疼，而且口干舌燥。克拉布跟他讲的每一件事都会改变他的想法。

“你说的那个人……”吉米本来不想说话的，但还是脱口而出，“他会告诉警察真相吗？”

“莱德尔？我不知道。如果他知道什么也许能帮到我，那样的话就好了。”克拉布说，“不过他要是不肯跟警察说，那也没什么，也许他会跟你说，那才重要。”

他们继续行驶了四个小时。克拉布时不时地会问吉米一些问题，比如说他打不打球、喜欢哪个球队之类的。

吉米也不知道为什么他会跟克拉布说他喜欢踢足球。他几乎从来没踢过足球，只是有时候会看学校足球队训练罢了。

过了一会儿，吉米发现自己的腿麻了，他的腿部肌肉一直绷得太紧。虽然坐在车上，但他的整个身体都紧绷着。他想放松一下，但实在是没法动弹。

第六章

第一个友人

那天下午三点左右，他们终于到了芝加哥。克拉布说他几乎都认不出这个地方了。

“你以前来过这里？”吉米问。

“嗯，大概二十多年前吧。”克拉布说，“我从军队退伍以后，在这里加入了一个小型乐队，不过也没什么大不了的。我以前玩过爵士乐，另外几个朋友玩布鲁斯[1]。他们可以上台

[1] 也叫蓝调音乐，起源于美国南部，节奏感强，曲调忧郁而缓慢。

演奏几首布鲁斯乐曲，但并不怎么赚钱。”

“你在这里有认识的人吗？”

“嗯，我认识一个纽瓦克[1]的女孩，她不久前搬到这里了，我去找她，看她能不能借我些钱。”

“你需要多少钱？”

“大概一千块吧，”克拉布说，“我们总不能像乞丐一样突然出现在阿肯色州。”

他们来到一间小餐厅，吉米找了个座位坐下，克拉布去打电话了。此时，吉米的脑海中突然又回想起高速公路上的一幕：他醒来时发现克拉布不见了，他想自己回纽约去，吉恩妈妈给他的五十块钱不知够不够这一路的路费。

“梅维斯不在，”克拉布回到座位对吉米说，“她儿子说她去上夜班了。”

“你得到前台来点单。”一个浅色皮肤、厚嘴唇的女人朝克拉布喊。

克拉布走到前台，要了一瓶啤酒和一瓶汽水。他离开的时候，吉米用手摸了摸塞在袜子里的钱，钱还在。他揉了揉腿，又抬头看了看天花板，克拉布已经走回到他跟前了。

“给你要了瓶汽水，”克拉布说，“你喝汽水吗？”

“人人都喝汽水。”吉米回答。

[1] 位于美国新泽西州东北部，距离纽约市约 8 英里，1 英里约合 1.6 千米。

“我们得在这里待一会儿，然后去梅维斯的住处。”

“好吧。”

“你饿了吗？”

“不饿。”吉米说谎了。

“你知道吗，你长得有点像我的一个兄弟，”克拉布说，他举起啤酒瓶朝吉米比画了一下，“只是你的大眼睛像你妈妈。”

“你不记得我以前长什么样？”吉米问。

克拉布开始滔滔不绝地说起来，念念有词的，可吉米一句也听不懂。他的口中不停地嘟囔着什么，声音越来越小，直到最后他将脸转过去了。

他们之间谁也没有说话，一阵沉默。克拉布睁着眼睛，但眼神遥远而空洞。

“有时候，我也经常说起你，”他突然说了这么一句，仿佛他的话从没间断过似的，“你知道，有时候大家坐在一起会谈论起自己的孩子。每次他们谈起孩子的时候，我也会说起你，然后我就会想你。我会想，你长成了什么样，有没有听吉恩的话，差不多是这些事吧。”

“我没给她找过什么麻烦。”吉米说。

“嗯，那很好。”克拉布说。他好像快睡着了。“你有什么想说的？”

“说什么呢？”

克拉布向他耸耸肩，眼神缥缈而恍惚。

吉米觉得自己应该说些什么。他想问问克拉布监狱里的事，他很想知道那里面会发生什么，他在里面整天都做些什么。可他转念又想，谈论这些事也许会让克拉布不高兴。

“你的兄弟是做什么的？”

“他战死了，”克拉布说，“他在军队服役十二三年，突然战争爆发了，那几年一直在打，但没有那么激烈。

“他在那里撑了一年，当上了陆军上士。他们说如果他能撑过第二年，就可能会当上军官。他坚持了一年多，就在还有半个月就满两年的时候，他中枪了。战友们把他送回得克萨斯州，我还去见他了。他看上去很虚弱，体重比你重不了多少，身上一点肉都没有。从战场回去后大概两个月就去世了。”

“你伤心吗？”

“你说呢？”克拉布把啤酒瓶托到唇边，然后仰起头灌下去。吉米看见他的喉结一上一下地起伏。他把脸扭过去，故意看向别的地方。

克拉布跟那个女服务员又要了一瓶啤酒，给吉米要了一瓶汽水，然后他把服务员说的话记了下来。

他把汽水和啤酒拿回座位后就走出去打电话了，打完电话他直接去了厕所。吉米又伸手摸了摸袜子里的钱。

“我找了个地方过夜，”克拉布从厕所回来后说，“是在郊外的一间短租房。”

“哦。”吉米回应道。

他们在快餐店里吃完饭。吉米看见克拉布拿了一卷钱，他猜得有一千块。

他们先去了房间，克拉布付给一个矮个子的女人一个星期的房费。那个女人戴着一顶假发套，发套往上滑，露出了没有几根头发的头顶。她坐在一张凌乱的桌子后面，桌面上是歪七扭八、高高堆叠的旧杂志，她从这些东西中刨出一块没有杂物的地方来数钱。

她数得很慢，一边数一边用舌头舔大拇指，一共数了六十八张。

“现在给你们干净的床单，可以用到星期六早上，”她一边说一边用短而粗的手指揉了揉鼻子，“要是你们不把床单交回，那就还得再付十四块钱。”

说完，那个女人递给克拉布一把钥匙，之后又回到她那张凌乱的桌子后面去了。

“等我们回来再拿床单。”克拉布说。

克拉布把车停在了离房间不远的一个建筑工地外面。克拉布试着发动汽车，可发动机嗡嗡响了一阵之后，车子还是一动不动。他又试了一次，发动机还是嗡嗡地响，克拉布踩了踩油门，响声更大了，车又吭哧了一下，之后就完全熄火了。

克拉布见此情景笑了。吉米以为他会发脾气，但没想到他居然笑了。吉米第一次看见他笑。

“这车叫起来就像一头老骡子，”他说，“光叫唤不动窝。”

他们只好下车，叫了一辆出租车去克拉布认识的那个女人家。

她家的房子外观不错，虽然没什么特别之处，但是前面有个门廊，所以算是一处真正意义上的房子。门廊的一侧停着一辆锈迹斑斑的自行车，靠在一堆旧轮胎上；门廊的另一侧放着一张牌桌，桌上有一台收音机，收音机的调频不准，音乐声混杂着不清晰的新闻播报声。这时，一个女人出了门，朝收音机走去。吉米想，这个女人一定就是他们要找的人。

“终于见着你了！”克拉布说。

“克拉布·利特尔！”那个女人向前走到台阶上，边走边伸出双臂，“瞧瞧你，真精神！”

“有吗？”克拉布也伸出胳膊去拥抱她，然后牵着她走下台阶。

他们俩你一言我一语，说个没完。吉米往旁边站了站，回头刚好看见梅维斯家的门打开了，一个男孩走了出来，年龄和他相仿，也许比他大一岁吧。那个男孩靠在门框上，没有走过来。

梅维斯·斯托克斯，看上去青春有活力，她头上的棒球帽歪戴着，大概是和库琪一样的年纪。

“你好吗？这是你儿子？”梅维斯看着吉米,开口问克拉布。

“嗯，是啊，我儿子。”

“哇，他长得可真像你！好吧，快进来坐。”梅维斯说。

站在门口的男孩帮妈妈把吉米和克拉布请进了屋，但他的眼睛一直盯着吉米。吉米进屋时朝他点了点头，他也没有回应。

“弗兰克，给吉米拿点喝的。”梅维斯说。

克拉布和梅维斯坐下来，他们谈起共同认识的一个老朋友托尼。梅维斯说托尼买了五辆汽车，现在开了一家汽车服务公司。

“就在芝加哥吗？”克拉布问。

“是的，就在芝加哥，”梅维斯回答，“我想说，我从来没想到托尼可以做成什么事。”

“嗯……托尼一定是走了什么运。”

“他不是走运，他就是敢出去闯荡，而且挣到了钱。”

弗兰克把几瓶罐装饮料放在桌子上，吉米看见有几罐是汽水。

“这里有卫生间吗？”

“走到里面，左边就是，孩子。”梅维斯说道。

吉米穿过走廊，推开了第一扇门，那就是卫生间。他进去后关上门，上好锁，然后检查了一下藏在袜子里的钱。他想到吉恩妈妈，可突然意识到他都不知道自己离开她多久了。他走的时候是晚上，现在又是晚上。整整两天了。吉米心想，才过了两天，可他们已经离纽约很远了。

吉米从卫生间里出来的时候，看见克拉布坐在厨房的桌子前，而此时梅维斯正照着镜子化妆。克拉布面前的桌子上放着一瓶酒，他的手里拿着一个玻璃杯。吉米走到开着的电视机前，在一把椅子上坐下。

“弗兰克长得很壮实啊。”克拉布说。

吉米听到这话，朝弗兰克看过去，他正在茶几上摆弄一卷卷胶带。

“自从上了拳击课，他的饭量暴增，都快要把我吃穷了。”梅维斯说。

“你得照顾好自己。”克拉布说，他又给自己倒了一杯酒。

吉恩妈妈从来不喝酒，她会说：“我可不会往自己身体里灌这些东西，灌进去容易，取出来难。”

“我得走了，”梅维斯说，“我刚找到这份工作，所以最好别迟到。你们打算在芝加哥待多长时间？”

“看情况吧，”克拉布说，“然后我们还得想一想怎么过日子。”

“你们住哪儿？”

“我们在卡希尔找了个住处，在郊外。”

“你们已经找到住处了？”梅维斯说，“我以为你们刚到呢。”

“是刚到，”克拉布说，“那也得先去找个住处，不能麻烦你。”

梅维斯朝吉米看了一眼，笑着说：“我本来想跟你说些话，但这里都是小孩。”

“你在哪儿工作？”克拉布问。

“在一家养老院，”梅维斯说，“明天我休息。你和——你叫什么名字，孩子？”

“吉米。”

“你们明天过来吃早饭吗？”

“好啊，”克拉布说，“我带瓶好酒过来。”

“用不着！”梅维斯朝着克拉布笑道，“弗兰克，你今天晚上在体育馆不许让自己受伤。”

“没问题。”弗兰克微笑着说。

“也别整晚不回家。”梅维斯说。

“也别去罗斯福那个地方。”弗兰克替她补充道。

“那里没什么适合你们的项目。”梅维斯说，“克拉布，你们最好明天早上过来吃早饭。”

“你上夜班多久了？”克拉布没有回答，而是问了别的问题。

“有一阵子了。”梅维斯一边穿外衣一边说。

“哦，”克拉布咕哝道，“你也没写信告诉过我。”

“不过也没多长时间，”她说，“要是我知道你出来了，肯定会写信告诉你的。不光这样，我还会到车站去接你。”

“我们是开车过来的。”克拉布说了一句，然后他的余光瞥了一眼吉米，之后又迅速移开了。

克拉布和梅维斯手挽着手朝公共汽车站走去。弗兰克锁了门，他背着一个运动包跟在吉米身后。

公共汽车来了，克拉布和梅维斯贴面道了别。

“你要去哪儿？”汽车开走后，克拉布问弗兰克。

“我要到体育馆去，”弗兰克说，“我有个拳击比赛。”

“体育馆离这里有多远？”

“大概四个街区。”弗兰克说。

“哦，我们可以去看你训练吗？”

“当然可以。”弗兰克说。

弗兰克身上不知有什么东西，总是莫名其妙地让吉米感到不舒服。弗兰克时不时地盯着他看，还上下打量他，而且故意让吉米知道自己在打量他。

“你多大了？”克拉布问。他一边说，一边朝马丁·路德·金大道上望了望。

“十六岁。”弗兰克说。

吉米庆幸眼前这个男孩比自己大。

“我今年就可以参加金手套拳击比赛了。我的教练说，如果我能赢两场三轮完整的比赛，他就允许我参加金手套杯比赛。”

“你对你的拳头有十足的信心吗？”克拉布问。

“嗯。”弗兰克歪嘴一笑。吉米觉得他长得帅气，也很强壮。他的头发两侧剃得很短，上面还有一个大大的字母“H”，字母上还压着一道闪电。

从外面看，体育馆并不大，但里面很宽敞，空气中弥漫着汗液的味道。拳击手们有的在单练，有的在练习对打；单练的那些人，有的在对着空气比画，有的在对着沙袋练，还有的在跳绳或做俯卧撑的热身练习。

弗兰克走进更衣室，克拉布和吉米在拳击场外的木椅上坐下。一个个子不高的男人朝他们走过来，这人肤色很深，头发却很白。

“你们找谁？”

“我们跟弗兰克一起来的，”克拉布说，“我们想看看他训练。”

“嗯，他也是个小拳击手吗？”他看着吉米问。

吉米摇摇头。

“不想学学吗？”那个老头又问。

吉米耸耸肩。

“也许明年吧。”克拉布说。

吉米没看向克拉布。

弗兰克从更衣室出来了，他先是自己比画了几下，看上去倒没那么厉害，然后走到小沙袋前开始击打，大概打了两分钟。

“先活动热身一下。”克拉布说。

“你懂拳击？”吉米问。

“在号子里很多人懂拳击。”

“号子？”

“就是监狱。”

“哦。”吉米的脑海中浮现出几个身穿黑白条纹囚服、戴着手套的人打拳的画面。

跟克拉布和吉米聊天的那个老头又走到弗兰克身旁，这时背对着他们。吉米很想知道他在说什么，可他们只能看到弗兰克点点头，然后就走进了拳击场。那个老头又让另一个男孩过来，朝拳击场指了指。那个男孩也进了拳击场。拳击比赛就要开始了。

其他几个拳击手也坐到吉米和克拉布旁边，那个老头吹响了口哨，两个选手便走到场地中央。对抗弗兰克的那个男孩更壮实，他绕着弗兰克转圈，摆动着两条胳膊，把弗兰克逼退了几步。然后，弗兰克的身体也左右晃动起来，看上去十分自信。他猛地出拳一击，幅度很大，非常有力。他打中了对方的肩膀，那个男孩开始后退。

"左右晃动！左右晃动！别后退！"那个老头喊道，"手要举起来！"

弗兰克再次朝那个男孩击打过去。这一次，那个男孩没有后退，他用双手遮挡住自己，弗兰克又是一阵猛烈地左右击打。

"别站着不动！你要打回去！打回去！"老头说。

那个男孩举起胳膊朝弗兰克挥去，弗兰克趁机一拳击中他的下巴，那个男孩摔倒了。老头摇了摇头。

"他是故意想摔倒，真不知道他到体育馆来是为了什么。"

"有的人就是这样，"克拉布悄悄地对吉米说，"他们就是不想再打了，宁愿认输，反正他们不在乎输赢，只要不继续挨打就行，因为他们根本不想打。你懂我的意思吗？"

吉米本来想说他懂，但什么也没说，只是点了点头。

拳击台上的那个男孩站起来甩甩头。老头冲着他又喊又叫，说他没什么可摇晃的，晃也没用。接着，他们继续开打。弗兰克把那个男孩打得很惨。吉米有点想不通，如果他不想打，那他为什么要加入这场比赛呢？

他们打了两轮，那个老头吹响了哨子，宣布比赛结束。接着，他又叫另外两个男孩上场。

“你还想待在这里？我得去城里，去见几个人。”克拉布说。

“我和你一起走。”吉米说。

“好吧，那我们告诉弗兰克一声。”

克拉布走到弗兰克身边，搂着他的肩膀，对他说了几句话。弗兰克点点头，然后朝吉米挥了挥拳头，吉米也冲他挥了挥手。

出来的时候吉米就想，克拉布搂着弗兰克的肩膀，他的动作那么自然，好像他们彼此很熟悉，认识了很久似的。吉米和克拉布在街上走着，克拉布突然停了下来。

“我忘了问他，梅维斯什么时候回家，”他说，“听着，我得去打个电话，你回去问问弗兰克，梅维斯什么时候回家。”

克拉布朝电话亭走去，吉米又返回体育馆。他进了体育馆后四处找弗兰克，最后看见他正在用拳头击打沙袋，便朝他走去。弗兰克穿的那条宽松的灰色裤子后面全都被汗水浸湿了。弗兰克看见吉米走来，故意往沙袋旁靠近了几步。他用头抵着沙袋，弯曲着膝盖，更用力地击打起来。

吉米在离他很远的地方就停下了，他知道弗兰克看见自己了。弗兰克左右挥拳，嘴里咕哝着，汗珠从他的额头上甩下来。他使劲儿地击打着沙袋，一下又一下，还时不时地用他的头或肩稳住沙袋，让它不要晃来晃去。

他出拳的速度不断加快，身体摆动得越来越厉害，而且还朝着吉米的方向击打沙袋。吉米知道沙袋不会打到自己，所以站在原地不动。最后，弗兰克停了下来，大口喘着粗气，才缓缓往吉米这边看过来。

“克拉布想知道梅维斯什么时候回家。”吉米说。

“为什么？”弗兰克问。他又打了沙袋两下，这次打的是边缘，所以沙袋旋转起来。

“他就让我过来问你。”吉米说。

“你从哪儿来的？”

“纽约。”

“纽约？你觉得你自己了不起吗？”

“我没说我了不起。”吉米说。

弗兰克又打了沙袋几下。“我觉得你像个废物，我看你就像个废物。”他说。

“那你不知道她几点回家喽？”吉米说。

“我说我觉得你像个废物。”弗兰克说。

吉米没有说话，转身就走，弗兰克在后面追着他。吉米能感觉到弗兰克一步步在靠近。弗兰克从他身后一把抓住他的胳膊，让他转过身来。

“嘿，我没叫你走呢。”弗兰克说，“知道吗，我的拳头很厉害。你知道我会怎么对付你这样的人吗？”

吉米没说话，只是直勾勾地盯着弗兰克的眼睛。在纽约他也遇到过这样的情况，他想，无论心里有多害怕，都要直盯着他们的眼睛，坚定的眼神会让他们破防。

弗兰克转过身走开了。“告诉他，她十点到家。”他头也不回地说。

吉米站着没动。他不知道为什么弗兰克对他那么凶，但他知道自己也不喜欢弗兰克。吉米走出体育馆，看见克拉布还在打电话，于是放慢脚步朝电话亭走去，希望借机平复一下情绪。他走到电话亭的时候，克拉布正好挂上电话。

“他说什么？”克拉布问。

“他说她十点到家。”

“嗯，好。听着，我得去市中心一趟，我的一个朋友给我找了一份工作。我把我们的住址给你，你去那里等我，好吗？”

“我不介意跟你一起去。”吉米说。

“你去住的地方。”克拉布说，能听出他的声音里有些不耐烦。

“行，好吧。”

“我告诉你怎么走，你能找到地方吗？”克拉布问，这句话没有不耐烦的情绪了。

“我想可以吧，”吉米说，“我打出租车去，可以吗？”

“嘿，你不可以打出租车，我没有打出租车的钱，只能乘公共汽车。你告诉司机你要在卡希尔大街下车，记住了吗？”

“好吧。”

克拉布翻了一下口袋，找出五块钱递给吉米。

“我得去做这份工作，”克拉布说，“你知道，我要挣吃饭的钱。”

“你找到的是什么工作？”

“嗯，就是去吹吹萨克斯管。”

克拉布又给了吉米两块钱作为车费，指了指公共汽车站的位置，然后目送吉米走到车站。当吉米再回头看时，他的爸爸克拉布还站在原地没动，吉米哭了。此时，一个陌生男人手里拿着一个纸杯走过来，问他是否愿意“捐点钱”，吉米转身走开了。那个人又朝另一个拎着购物袋的女人走去。

眼泪顺着吉米的脸颊滑落下来。自从和克拉布相遇以来，这是他第一次感到愤怒。他站在公共汽车站，望着街道那头的克拉布。

克拉布开始朝着相反的方向走去，他看到一辆公共汽车驶来，就立刻迈着僵硬的步伐跑过去。他赶上了那辆车，先走了。吉米想，他要去找一个长途汽车站，然后就可以回纽约了。

他的公共汽车来了，吉米上了车。

“我到卡希尔大街下车。”吉米说。

司机没理他。

坐公共汽车回郊区那个住处的路上，吉米回想着当他问克拉布是去做什么工作时，他回答自己的那种语气。

“嗯，就是去吹吹萨克斯管。”他这么说。

他说这话的时候就好像他是学校里耍酷的那些人，或者像弗兰克那种特别厉害的角色。有时候他好像还行，像个普通人。当他表现得像个普通人的时候，吉米还愿意设想一下跟他一起生活的样子，愿意设想他们一起开车上路、一起聊天、一起看老照片等。他还没有问起有关他妈妈的事，因为还没来得及。

另外还有些事情他也想知道。他想知道克拉布被关着时都在想什么。所有这一切都在门厅他们初遇的那个瞬间注定了。当时吉米就感到奇怪，也有些害怕。此时此刻，回想起他和克拉布在门厅相遇的那个时刻，他的记忆仿佛变得模糊起来，像在梦中一样，让他充满了恐惧、惊奇，又混杂着快乐。他的爸爸不知何时从何地降临到他的身边，而那时他的妈妈还活着，他还是个婴儿，或者尚未出世，他的生活顺遂美满，只是他自己毫无知觉而已。

“喂，兄弟，你要不要买条金链子？24K 纯金！”一只黑色皮肤的手拿着一条金链子伸到他面前。

“不要。”吉米说。

“你不穿金戴银吗？”

吉米抬头看到一张男人的脸，除了眼睛之外，他看上去很年轻。那双眼睛尤显苍老，吉米猜他也许是个不入流的人。

“不。”吉米又说了一遍。

那个男人看着吉米，摇了摇头。

“我不怪你，”他的嗓音沙哑，“它不是真的，即便它是24K 纯金的，在现实中也没什么意义。你懂我的意思吗？”

“懂。”吉米说。

他的思绪又飘回到克拉布身上。他开始琢磨梅维斯说的话。她说自己和克拉布长得很像，可他觉得自己长得并不像克拉布。不过这也没什么，因为很多人还说他和吉恩妈妈长得很像。格林女士就总是说：“哦，他肯定是吉恩的儿子，瞧他跟她多亲近啊。”

每当这个时候，吉恩妈妈就会说，别跟她计较，让她想说什么就说什么好了。

吉米的脑子里还有另外一件事，虽然他不想去想，但老是控制不住，他想知道克拉布是否喜欢他。这个念头一直藏在他的脑海深处，他感到很害羞。想到这里，他不禁笑了一下。

“你知道人们为什么戴金饰品吗？”坐在吉米旁边的那个男人又说话了。

“为什么？”吉米问。

“为了有面子。”他回答。他用鼻子哼了两声，然后把脸转过去，片刻后又转了过来，对吉米说：“我就是混日子，有面子的东西对我来说没什么用。”

吉米耸了耸肩。

“我以前打球，”他用大拇指朝车后面指了指，好像他以前在那边打球似的，“可那都是过去的事了。”

“为什么现在不打了？”

他摊开手比画了一下，耸耸肩膀，然后陷入了沉思。

公共汽车在街道上晃晃悠悠地穿梭着，乘客们上上下下，互不理睬。刚才跟他说话的那个人突然站了起来，他伸手拉动线绳，提示司机他要下车。

“差点坐过站了。”他微笑着说。他站起身向吉米说了句“再见”，吉米发现他比自己一开始想的年轻多了。

吉米看他朝车门外看了一眼，然后下了车。透过车窗深色的玻璃，他看见男人将头一摇一晃地朝人行道走去，消失在一辆驶来的卡车背后。

吉米又开始想克拉布了。克拉布曾经说过，他想写信给自己，说他爱自己。这太可笑了，因为他根本没有表现出爱吉米应有的样子。克拉布有很多面，所以很难说他是什么样的人。他在吉恩妈妈面前是一种样子，在梅维斯面前又是一种样子，跟弗兰克在一起还有另外一种样子。克拉布好像很喜欢弗兰克，也许他觉得吉米应该像他那样：彪悍强壮、拳头厉害。他说过的，他之前打过拳击。

“卡希尔大街到了！”司机喊。

吉米谢过司机后就下了车。可他发现这里不是卡希尔大街。天已经黑了，周围是一片陌生的景象。他问一位女士卡希尔大街在哪里，女士为他指了指大路的方向。

“往前走两个街区，走过去你就看见了。”她回答说。

几经周折，吉米终于找到了卡希尔大街，他拿出钥匙看了看，上面印着“3B”。

他找到房间后，打开房门。他们的房间又逼仄又肮脏。房间的一侧放着两张单人床，中间用一个抽屉柜隔开；另一侧有一个水槽和一台小冰箱。水槽旁边的台面上是一个两孔炉灶，旁边摆放着两把叉子。吉米在一个角落找到了卫生间，里面有一个铁皮的淋浴器和一个座盖破了的马桶，马桶旁边的地上放着一卷卫生纸。

走廊上有一部付费电话。此刻，他又想吉恩妈妈了。

第七章

又要出发

吉米躺在狭窄的床上，脑子里思绪万千。他不知道现在离吉恩妈妈家有多远，他们是开车来芝加哥的，要是改坐公共汽车回纽约，他不知道那会花多长时间。此时他饿了，但也没关系，他可以回到纽约再吃饭。吉恩妈妈会在炉子上热着饭，或者她会出门去买点吃的回来。即便太晚市场关门了，街角的小商店也关门了，买不到什么东西吃，吉恩妈妈也会想办法弄到吃的，她历来都是这样的。吉恩妈妈那里有吉米需要的一切，她既有像朋友一样的陪伴，也兼有爸爸和妈妈一般的疼爱。

吉米来到小桌子前的折叠椅上，脑子里还在不停地想，他当时要是拒绝克拉布，不跟他走就好了，吉恩妈妈一定会支持他的。从吉恩妈妈看他的眼神中，从她眼睛里流露出的悲伤里，他知道，她是想让自己这么说的，他自己也想这么说，或者至少有一刻他这么想过。

这个房间真脏。

“在这个世界上，我们没有任何理由生活在肮脏里，”吉恩妈妈会一边拎着一桶热肥皂水一边说，“完全没有理由。”

他的脑海中突然浮现出克拉布吹萨克斯管的画面。几天前，克拉布还被关着，而现在他居然在芝加哥吹萨克斯管，他还看了弗兰克打拳，跟梅维斯说了话。吉米不由得想，很多事情的运转方式是否真的如此：每个人都有自己注定要做的事，而这些事永远会等待着你去完成。

“我是你的爸爸。”吉米第一次见到克拉布时问他时，他是这样说的。

也许吧，吉米想，当自己的爸爸只不过是克拉布必须要做的事情之一。

比起爸爸来，吉米更多时候想的是妈妈。回忆妈妈所做的事情是很容易的。在吉米小时候，吉恩妈妈带他去教堂，那里的女士们会给他讲关于真善美的故事，他觉得妈妈就像那些女士一样。在他的脑海中，她个子不高，有一双温柔的黑眼睛，而且她的目光会让他的心中流淌出爱意。她的脸也很小，仿佛是心形的，每当她微笑的时候，露出的两颗门牙洁白无瑕。他还想起吉恩妈妈说她经常会去公园里滑冰，或者在合唱团里唱歌。这全都是美好的回忆。

不过，有的时候，比如他凌晨醒来，或是在离家很远的地方等着过马路的时候，他就会想起被关着的那个人。

并不是想跟那个人交朋友，或别的什么想法，吉米只希望看到那个人是活灵活现的，比如看他挥舞胳膊的样子，或者只是想知道如果他们在街上碰见，他会怎样向自己挥手致意。吉米以前经常在吉恩妈妈的房间里看他的照片。

“你想要那张照片吗？”有一次，吉恩妈妈发现他在看照片，就问他。

“什么照片？”他问。

“你看的是你爸爸的照片。”她说。

“不想。”吉米说。这么回答是因为他不想让她伤心难过。

可是，第二天他放学回家，发现那张照片就放在他的床上。他什么也没说，又把那张照片拿回了她的房间，放在她的梳妆台上。

他不理解的是，当初克拉布为什么会把自己留给吉恩妈妈抚养。

吉米饿了。他找到钥匙准备出门，突然想起来他的袜子里还有五十块钱。他把钱拿出来，用内衣包好，然后把它塞到衣柜的最里面。

外面很暖和，街道上的一些人正坐在门廊上，一个小女孩仰着头，斜着眼睛看他。

"你是克里斯的哥哥吗？"她问。

"不是。"他回答。

"你知道他不是克里斯的哥哥。"另一个人说。

吉米没注意到一楼窗户边坐着一个女人，她正喝着一瓶汽水，正是给他们房间钥匙的那个女人。

他朝她点了一下头，这就是他打招呼的方式，那个女人举起汽水瓶以示回应。

他继续沿着街道往前走，街角处有一家烤肉店，旁边是一家小杂货店。他走进去，看见一个男人坐在椅子上，腿上放着一根棒球棒；另一个瘦瘦的女人扎着一头长发，正站在柜台后面读报纸。

货架上的东西不多，吉米拿了一大袋烧烤味薯片和一瓶姜汁汽水。

"一块六毛七。"拿着棒球棒的男人说。

吉米递给他两块钱。

"把钱给她，"男人咕哝道，"柜台后面的那个人。"

吉米又把钱给了那个女人，她从收银机的抽屉盒里取出二十一美分，放在柜台上推过来给他。

"你要袋子吗，亲爱的？"

"要。"

那个女人把薯片和汽水放进一个袋子里，然后微笑着递给吉米。吉米也对她报以微笑，然后又看了一眼拿着棒球棒的男人。

"别对我的女人笑，小伙子。"那个男人说。

吉米的脸上仍挂着微笑，赶紧离开了那家店。

芝加哥的人很友善，也许比纽约的人更友善。他沿着街区继续走，这里的街道比纽约的光线暗，他只能看见四到五个街区外有些街灯，但他不太想走那么远了。他又往前走了一个街区，要是吉恩妈妈知道他独自一人在芝加哥的街上闲逛，一定会大发脾气的。他赶紧加快脚步回到了那个房间。

有一次，班里的同学埃迪·格莱姆的爸爸到学校来，当着全班人的面打了埃迪。吉米想，要是自己的爸爸到学校里来揍自己，那会是怎样的情景呢？

"嘿，那也太过分了。"另一个同学查尔斯·金在餐厅里说。

埃迪说那种感觉让他十分想离家出走，但没人相信他。

整个事情的场景在吉米脑海中上演：他的爸爸到学校

来了，霍奇斯夫人说他没写作业什么的，他的爸爸就暴跳如雷，然后挥起胳膊，一巴掌打在他脸上。他被这一巴掌打得摔倒在地上，而爸爸不停地冲他大喊大叫。霍奇斯夫人看上去得意扬扬，但此时爸爸脸上的表情似乎又变了，他滑稽地看着吉米。

“嗨，你是吉米·利特尔吗？”

要不是一个女孩的声音打断吉米的思绪，他就走过自己住的那栋楼了。

“是的。”

“刚才有你的电话，”她说，“你得打回去。”

“你有号码吗？”吉米问。

“有，给你。”她递给吉米一个信封。他借着楼前安全灯昏暗的光线看了一眼上面的号码。

这不是吉恩妈妈的号码，他根本不认识这个号码，那一定是克拉布打来的。信封上潦草地写着几个数字，吉米把信封放进口袋，进了楼。

“你要打回去吗？”吉米路过女孩的值班室时她问，“这里就有电话。”

她很好奇电话的内容。吉米点点头，那个女孩给他打开门，他走进了值班室。

“你要先拨 9。”她说。

这和学校的电话一样，他想。他拨了 9，紧接着又拨了信封上的号码。

这个电话让吉米有些害怕，他不知道克拉布为什么打电话给他，也许是他晚上不回来了或者别的什么事。

“喂？”吉米听见电话里传来音乐声。

“嗯？”

“他们说让我打这个号码？”

“谁让你打这个号码？”一个沙哑的声音说，“你是谁呀？”

“我是……克拉布在吗？”

“在，等一下。”

吉米听见电话那边的话筒好像撞到了什么东西，里面有一阵噪声混杂着音乐声传来，吉米猜那边的环境一定是个酒吧。吉米希望克拉布没有喝多，还清醒着。喝醉的人让他感到害怕，因为那些人的行为已脱离了正常的范畴，会做出无法预料的事。

值班室的那个女孩正翻着一本杂志，她抬头看了一眼吉米，然后又瞥了一眼墙上的钟表。

“他们去叫他了。”吉米先开口说。

“你不能占线太长时间。”她说。

“你叫什么名字？”吉米问。

“多琳，”她说，“那个人是你爸爸？”

“是的。”

“你的妈妈呢？”

“她去世了。”

多琳看着他，耸了耸肩，什么都没说，低头又继续看杂志了，好奇心似乎得到了满足。

“喂？”电话那头传来的声音听起来很年轻。

“喂。”吉米说。

“你是吉米吗？”

“是的。”

“我是比利·戴维斯，”那个声音说，“我在弗农酒吧吹萨克斯管，你的爸爸病了，你得过来把他接回去。”

“弗农酒吧在哪儿？”

“在埃米特大街，从环路那里下来就是。”

“环路在哪儿？”

“需要我帮你记下地址吗？”多琳抬头问道。

吉米把电话递给她。

多琳帮他记下了地址，挂上电话后，她主动告诉吉米他得叫辆出租车过去，如果他有能力付车费，她可以帮他叫一辆。

“我楼上有钱，”他说，“我去拿。”

“你的薯片还要吗？”她问。

他把薯片和汽水交给她，然后直奔楼上去了。

去弗农酒吧的车程只有十分钟，却要四块五，他也只能如数给司机这么多钱。

走到酒吧门口，一个黑人的大手挡在吉米胸前。吉米说了自己的目的后，那个人就把手挪开了，然后又往里面指了指。萨克斯管吹奏的音乐响彻整个酒吧，这声音在那些摆成倒金字塔的玻璃杯间回响，在那些纸醉金迷的客人之间流动。吉米不小心撞到了一个人，本以为会有麻烦，结果那个男人在昏暗中根本没搭理他。吉米的眼睛很不适应这种昏暗的环境，不过，即便他后来适应了，看清和看不清也没什么差别，因为周围挤满了人。

他终于在这个昏暗的酒吧里走了一圈，找遍了克拉布可能出现的地方，可还是没看到人。

这时，前面突然亮起一束光，然后映射出一个人的轮廓，他身后灯光的轮廓呈矩形四射开来。待门关上之后，一个脖子上挂着萨克斯管的男人走了出来。

"你是比利·戴维斯？"吉米问。

男人朝吉米看过来，他什么都没说，只是朝门的方向指了指。

吉米敲开门，刚走进去就看到了躺在床上的克拉布。

"你找克拉布？"一个胖男人问。

吉米点点头。克拉布的身体动了一下，他把腿伸到地面，坐了起来。

“我现在好多了。”克拉布说。

克拉布踉踉跄跄地站了起来，快要摔倒的时候，那个胖男人一把抓住他的胳膊肘。克拉布转过身给了他一个眼神，那个男人松开了手。那一瞬间，他们俩四目相对，胖男人目光坚定，而克拉布的目光中流露出艰难、吃力的神情。克拉布站起来后，转身朝门口走去。

“得叫一辆出租车。”克拉布说。

“你行吗？”

“行。”

这时，拥挤的人群散开了一条缝，克拉布在拥挤的人群中停了下来，朝站在钢琴旁边、身形消瘦的比利·戴维斯望去。

“他是我这辈子见过的把萨克斯管吹得最棒的家伙了。”克拉布平静地说，但声音中充满了敬意。

一个个音符从那支萨克斯管中倾吐而出，音符被争先恐后地抛向拥挤而热闹的人群，它们狂热、恣意地流淌着，在到达情绪的顶点之前顺势而下，又悠然回归平静。比利·戴维斯的技艺可以完全掌控它们，他把音符潇洒而肆意地来回舞弄，仿佛是在以他自己独有的方式操纵着萨克斯管。回荡的旋律有力、甜美、清脆，足以照亮前路的黑暗。

“他很棒，对吗？”吉米说。

“是的。”

克拉布继续朝大门艰难地走去，他们跌跌撞撞地走到了门口，感受到了外面晚风的清凉。

开始下雨了。克拉布站在马路边，伸手去拦一辆出租车。有两辆出租车都是靠边停下，可发现他是黑人后，又立刻飞驰而去。第三辆出租车的司机是个老人，他停了下来。

“像这样的下雨天很难叫到出租车。”这位司机说。他紧张地回头看了一眼。

“是的。”吉米说。

“他不会在我的车里吐了吧？”

克拉布弯着腰，脑袋埋在双腿中间。吉米伸手搂住他的肩膀。过了一会儿，他们到了目的地。

上楼去房间的那几级台阶他们走了很久，久到吉米觉得永远都走不完。克拉布重重地踏着铁皮楼梯，他只能紧紧地抓着栏杆，以此来拖拽自己的身体，木头栏杆发出嘎吱嘎吱的响声，还夹杂着他沉重的喘息声。吉米努力忍住不去问克拉布感觉怎么样，因为他知道，克拉布的状况非常糟糕。

“你还好吗？”

“把你的手给我，”克拉布说，“不用了，还是让我扶着你的肩膀吧。”

吉米抵着克拉布站着，他能闻到克拉布的口气里还有一些酒味，但不太浓，他并没有喝醉。

“你要喝水吗？”吉米问。

“要。”

吉米去找杯子，他在台子上看到一个玻璃杯。他往杯子里倒了些水，准备把杯子端给克拉布时，突然意识到水是热的。他打开冰箱，看里面是否有冰块，可冰箱冷冻区最上面一层只有一个空的冰盒。他把水递到克拉布手上，看着他慢慢地把杯子贴近嘴唇，一小口一小口地喝着。

“你怎么了？”吉米问。

“我的后背疼得要命！”克拉布说，“越来越严重了。”

“需要我去找医生吗？”

“不用，找了也没什么用，”克拉布说，“我休息一下就好了。”

吉米坐到另一张床上，他努力想自己该做些什么。他看着克拉布，看见他一伸腿就浑身抽搐，只好把腿蜷缩起来，然后慢慢地喘着气。

“你想再喝点水吗？”

克拉布没有回答。吉米坐回到床上，脱掉鞋子，把脚放在床上。

克拉布再次试着把腿伸直，这一次腿伸得比之前直了一些，然后他停下不动了。现在他的呼吸顺畅多了，吉米想。

“我把腿伸直就感觉好多了。”克拉布说。

“如果你没伸直会有什么样的感觉？”

“也不是一直都疼，”克拉布闭着眼睛说，“有时候太累，就开始疼了。”

“在监狱的时候，你就是因为这样才去医院的吗？”

“差不多吧，”克拉布说，“你为什么还不睡觉？”

吉米脱掉衣服，躺在床上。脚边有一个薄薄的毯子，他拉过来盖在身上。

“晚安。”吉米说。

“关上灯吧。”克拉布说。

黑暗中，吉米静静地听着克拉布的呼吸，先是急促，然后稍缓，中断几秒，接下来是下一次呼吸。

吉米希望克拉布没事。他不愿去想关于死亡的事，可是这个念头一直萦绕在他的脑海里，就像一个阴影，在黑暗中挥之不去。

“明天我们要做什么？”吉米轻声说，几乎只有他自己听得见。

“接上梅维斯和弗兰克，我们一起去阿肯色州。”克拉布说。

“你有钱吗？”

“没有。不过也不能在芝加哥耽误时间了。”克拉布说。

“你吹萨克斯管了？”

“我希望能有机会吹。以前我经常吹。只要有簧片，我基本上天天吹。有时候簧片被我吹坏了，还有时候被看守故意弄坏了。他们往里面塞上东西什么的，那就吹不了了。”

“他们不让你吹？”

“不，他们让我吹。”克拉布说，“我以前是跟弗农一起的，他是里面的老大哥。他说密尔沃基[1]的几个波兰人占了那个地方，不过他才是头儿，我以前跟他一起玩。你看见比利·戴维斯了吗？”

“我看见他表演了。”吉米说。

“是我教他吹萨克斯管的。以前他到我们的俱乐部里来，只能看着，没有机会吹。我有一支旧萨克斯管，是我玩纸牌游戏赢来的。我跟你妈妈说起了他，然后你妈妈就让我把那支旧的萨克斯管送给他。”

“我妈妈以前在芝加哥？”

“那个时候她还不是你的妈妈。我们还在谈恋爱，我带她到芝加哥逛逛。”

“那她也见过比利·戴维斯？”

“那时候他还没什么看头，”克拉布说话的声音似乎轻松了起来，“我教他吹萨克斯管，弗农也教了他一点，剩下的就

[1] 密尔沃基是美国威斯康星州东南部的一个城市。

是他自己学的了。”

“那今天晚上你跟他一起表演了吗？”

“我不能跟他表演了，”克拉布说，“我现在已经谁也比不上了。我当时还自大地闯进去，把自己的水平吹得很厉害，很了不起的样子。我问他能不能让我临时表演几天，好攒一些钱。他说，等前面的节目演完后再听我吹奏。

“我出去听了一下，那个组合表演得很棒，然后是比利和他的小型三重奏上台，他们表演得也相当完美。我听完后觉得自己的水平跟他们差得太远了。有人要借我一支萨克斯管试吹，我都不敢伸手接过来。我原以为自己十拿九稳的事其实根本干不了，这真的让我很恼火。接下来我这后背的老毛病就又发作了。”

“那你哪来的钱去阿肯色州呢？”

“无论如何我们都要去，”克拉布说，“得想个办法。”

“阿肯色州有多远？”吉米问。

克拉布没说话。

黑暗中，吉米躺在床上，他很担心克拉布，他想起自己看见的克拉布那副痛苦的样子，听见他言语中流露出失落。这种感觉就像他看弗兰克打拳击时自己的感受，他不确定克拉布的感觉是不是跟自己一样。

克拉布现在受伤、痛苦的样子反而让他变得更容易相处了，吉米心里想。

早上，吉米先醒了，他出去买了一杯咖啡和几个甜甜圈，以前他也经常为吉恩妈妈买早饭。他回到房间时克拉布正在刮胡子，身体上裹着毛巾。吉米这才发现，他比自己想象中更消瘦。

“你怎么样了？”吉米问。

“还可以。”

“我去买了咖啡和早餐。”

克拉布刮完胡子，又进去冲澡了。

吉米吃了一个甜甜圈。这早饭是他用吉恩妈妈给的钱买的，此时他的内心又涌起一阵想回到吉恩妈妈身边的冲动，可他心里明白，实际上他还是会跟克拉布到阿肯色州去的。

克拉布冲完澡出来，正在擦干身体上的水。吉米扭过头去不看他。他知道克拉布又端起了咖啡。

他们下楼的时候，看到多琳正坐在值班室里。吉米猜她一定是闭着眼睛在椅子上坐着睡了一夜，早上听到有人下楼让她猛地睁开了眼睛。克拉布在墙角给梅维斯打电话。他跟前一天晚上判若两人，精神好多了，眼睛也变得更明亮、更有精气神了。

如果吉恩妈妈不舒服或太累了，她的两条腿就沉重得抬不起来，就得一瘸一拐地拖着腿走路。但当她状态好的时候，就是挺胸抬头、脚下生风，双脚能走出直直的一条线。

克拉布状态好的时候，走路时会低着头，步伐坚定，就像能对抗强风一样坚实有力。

“她十一点在拉萨勒街等我们，”克拉布说，“现在是九点半，我们过去大概就十点。我们得等一会儿，或者先去吃点东西。”

“好吧。”吉米耸耸肩说。

克拉布并不是在征求他的意见，只是告诉他一声而已。也行吧，他心想，克拉布可以这样。不过，他想起吉恩妈妈就不是这样的，她从来不会命令吉米做什么事情。她也会告诉他该做什么，但会以完全不同的方式。吉恩妈妈会把手放在吉米的胳膊上，或者揉揉他的肩膀，仿佛是在恳求一样。

他们坐上了高架轻轨列车，在十点差五分的时候就到了目的地。街角有一家咖啡馆，那是跟梅维斯约好见面的地方。他们走进去，找了一个可以看见拐角的地方坐下，梅维斯要是早到，他们也能看得见。克拉布点了双面煎蛋和火腿，吉米要了一份麦片粥。

“我们得租一辆车，一路往南开，到达阿肯色州差不多要十四五个小时。”克拉布说，“等我们到了阿肯色州就得特别留心车速，到了那边，一旦超速就会被抓。”

“为什么梅维斯要跟我们一起去？”

“她是我女朋友。”克拉布说，“你有要好的女同学吗？”

吉米看了眼克拉布，他在笑。“没有。”吉米说。

“以后有的是时间，还有很多时间。”克拉布说。

“那弗兰克呢？”吉米问，“他也跟我们去？”

“嗯。”

一个女服务员给他们端来餐食，还把一大盘吐司面包放在桌上。

“这些吐司面包上抹的是天然黄油还是人造黄油？”克拉布问。

“人造黄油。”女服务员说完转身要走。

“把它拿走！”克拉布说，“给我换点抹天然黄油的。”

女服务员似乎不太情愿，但还是把吐司拿走了。

“弗兰克也是你的孩子吗？”吉米问。

“不是，”克拉布说，“他是梅维斯的孩子。为什么这么问？”

“随便问问。”吉米说。

“你喜欢他吗？”

“不喜欢。”吉米在他的麦片粥上倒了些牛奶，“那天我回到体育馆找他的时候，他惹我了，叫我废物什么的。”

“别人叫你废物，你就要还击……”这时，女服务员端上来一盘新的吐司面包放在他们的桌子上，克拉布暂停了一下，

“他们是在试探你，看你究竟厉害还是窝囊。”他继续说，“如果你还击了，他们就觉得你厉害，不敢再对你怎么样了。”

“他都不认识我，为什么要那样说我？”吉米问，“我都没跟他说过几句话。”

“有的人就是这样，”克拉布说，“你必须要认清这些人的真面目。”

他们吃完了早餐，克拉布又加了一些咖啡。

吉米想，弗兰克说得对，也许他就是一个废物，他不想还击。

“假如我骂回去，那我们就打起来了，”吉米说，“你觉得我打得过他吗？”

“你会打架吗？”克拉布问。

“不会。”

“那你怎么打得过他？”

吉米转过头朝玻璃窗外望去，天空下起了雨，街上已经有人撑起了伞。一个修女张开手掌，抬头看着天；两个女人正在嬉笑着过马路，她们都戴着棒球帽；公共汽车站有一个等车的男人也戴着棒球帽。吉米一边想芝加哥的人是不是比纽约人更喜欢戴棒球帽，一边奇怪为什么克拉布明明知道他打不过弗兰克却还要他去反抗。

“要是我有时间，我就教你怎么保护自己。”克拉布说，

“你要记住，对抗别人不是跳舞比赛。很多人觉得防身就是随意比画几下，其实真正的对抗别人，是要在别人动手之前先发制人。”

“你想怎么做？”吉米问，“你是在教我打架吗？”

“我在教你怎么防身，你想学吗？”

“想。”吉米猜这是克拉布想听的回答。

“现在我还有别的事要做，”克拉布说，“不过，等我有时间了，我就教你。”

“好。”

吉米的目光又投向窗外，现在的雨下得比刚才更大了，但还不算倾盆大雨。

离开餐馆时，已经是十一点十分了。他们躲在旁边一栋建筑的门檐下避雨，克拉布时不时地走到门口，然后靠着旁边的墙站立。到了十一点半，吉米发现他变得更加焦躁不安，他的下巴时而松弛，时而紧绷。

“他们迟到了。”吉米说。

克拉布朝街的尽头望去，一言不发。街对面的一家服装店里挂着一个老式的时钟，吉米盯着它，看它的分针是否在动。

克拉布给了他五块钱，让他去药店买一些阿司匹林。

“你还好吗？”

“还好。”

药店里人很多，一边卖杂志，另一边卖药。吉米问一个穿着灰色上衣的店员哪里有卖阿司匹林的，那个店员指了指楼梯——在楼下。

吉米来到楼下，他找到了，但发现货架上至少有五种不同的阿司匹林。吉米挑了一个他在电视上见过的牌子。他掏出五块钱给售货员，然后非常仔细地数了数找回的零钱，拿好了小票。

他走上楼，现在雨下得更大了，门口聚集着一小群人。吉米把阿司匹林放进口袋，穿过药店里的人群，走到门口。

他向街对面看去，却没看见克拉布，一瞬间，他的心跳突然加快，他努力让自己保持镇定，然后走到他们俩刚才躲雨的那栋建筑前面。他想，是不是自己走错路了，可街对面的那个时钟还在，他确定没走错。现在刚过十二点。

吉米打了个寒战，把衣领竖起来抵挡凛冽的大风。

他心里想，要是克拉布不回来，他可以打电话让吉恩妈妈来接自己，她会想办法带他回到纽约去。风越来越大，雨也刮进了门檐，吉米往里挪了挪，紧贴着墙壁站立。他很惊讶，原来他很害怕被单独留在芝加哥，而在纽约时他从未害怕过，因为那是他生活的地方，而现在不同了，这里完全是陌生的。他猜想，克拉布以前是不是更熟悉这里的生活。他告诉自己，不管发生什么，哪怕是克拉布真的离开了，而他也没有办法打电话让吉恩妈妈来接，那他也绝不会去干坏事。

“跟我来！”克拉布从他身边快速走过去。

吉米被吓了一跳，但还是赶紧跟在他后面往前走。克拉布一直向前穿梭，完全不顾下着大雨。拥挤的人群自动散开，纷纷给他们让出了一条道。他们就这样匆匆走了两个街区，最后克拉布拐进了一家酒店。

走进酒店大堂时，门卫一直上下打量着他们。克拉布径直朝一个穿制服的黑人走过去，问他卫生间在哪儿。吉米注意到，克拉布往那个人手里塞了钱。

“电梯后面左拐。”

在卫生间里，克拉布上了厕所，然后洗了手。他站在镜子前捋了捋头发，然后又照了照。

“我看起来怎么样？”他问吉米。

“挺好。”

“走吧。”克拉布出了卫生间，走到了酒店大堂，他环顾了一下四周，然后走到报刊亭前，那里有一个租车的柜台。

柜台后面的年轻姑娘面带微笑地问克拉布需要什么车型，他说要一辆福特汽车。

“中型款。”他又补充道。

那个女孩递给他一些文件让他填写。吉米盯着他，看见他在姓名处填写的是“罗伯特·丹尼尔斯”。

“去那边坐着吧。”克拉布指了指钢琴边上的座位。

吉米坐下来，眼睛向下看，一直盯着自己的膝盖，脑子里却想不通克拉布到底在干什么，不过他可以确定的是，这一切很不对劲。

租车没有花太长时间。吉米看到克拉布递给那女孩一张信用卡，她打了一个电话，然后把信用卡还给了克拉布。接着，他拿到了车钥匙，叫吉米到跟前去。

他们在便利店里买了一些饼干和两瓶汽水，然后就去了附近的停车场。克拉布把车钥匙递给负责在停车场接待的服务员，他接过车钥匙便去提车了。

吉米一言不发。克拉布问他要了刚买的阿司匹林，他只是默默地从口袋里拿出来递过去。

车开过来了，克拉布给了服务生一块钱小费。他坐到驾驶位上,从里面为吉米打开了副驾驶一侧的门。吉米上了车，他们驶出停车场后开上了大街。

在芝加哥繁华的街道上，克拉布开得很慢，开到一座桥时，他把车停下，服了一片阿司匹林，然后喝了几口汽水。

“梅维斯和弗兰克呢？”吉米问。

“他们不来了。”克拉布说。他合上药瓶盖，伸手把它放在吉米前面的扶手箱里。

“为什么？”

“他们为什么要去阿肯色州呢？”克拉布问。他瞟了一眼后视镜，然后把车开上了高速公路。

“你说他们要来的，”吉米说，“我以为他们会来呢。”

第八章

奔向黑暗中的某个地方

克拉布侧着头喝了一口汽水，目光一直盯着路的前方。然后他把汽水瓶放下，双手紧紧握着方向盘。吉米扭过头看着车窗外面，在心中感慨芝加哥有好多高楼啊。

雨越下越大，雨滴不断从车窗外飘进来。

“快把车窗摇上。”克拉布说。

吉米折腾了很久也找不到把车窗摇上的按钮，他看了看克拉布，克拉布也在找开关。

“我们要被淹死在车里了。”吉米说。

克拉布看着他笑了。

他的笑容很温暖，吉米觉得这是他见过的克拉布最美的笑容了。吉米也感到很开心，于是开始搜肠刮肚，看还有没有其他搞笑的事情可讲，可什么也没想到。不过，也许他什么都不说也挺好，让那笑容留在此时此刻，留住那美好、温暖、亲切的瞬间。

克拉布找到了车窗的开关，把车窗关上，他还找到了雨刮器的开关，推了一下，可车突然开始就地打转。

克拉布惊慌中又推了一下开关，车身还是持续猛烈地拐弯。他双手紧紧握住方向盘，迅速踩下刹车，车尾已经甩到了路中间。幸亏吉米及时稳住身体的重心才没有撞到仪表盘上。这一通折腾下来，车已然来到了路肩上。

“嘿，这是怎么了？”克拉布又推了一下雨刮器开关，雨刮器顺从地动了起来。他把雨刮器关上，想看看到底是哪里出了问题。这时，他们听见扑通一声。

“什么情况？”吉米问。

“你受伤了？”

“没有。”吉米撒谎道。他的脸撞到了仪表盘上，虽然很疼，但他没吭一声。

“爆胎了！”克拉布说，“可能是我打开雨刮器的时候车胎爆了。”

他走到后备箱取出备用轮胎，吉米看见轮胎，也下了车。雨还在下着，而且比刚才下得更大了。

克拉布把千斤顶支在车下，将车子顶了起来。他又想去后备箱里找一些工具，但什么也没找着。他看了一下那个千斤顶的手柄，或许可以用它把轮毂盖卸下来。卸下来后，他又用同一件工具把轮胎也卸了下来。

“你知道我为什么在这里吗？”克拉布问。雨水混合着汗水打湿了他的脸。

“因为梅维斯和弗兰克不想去阿肯色州？”吉米说。

“不，我的意思是，我为什么要从监狱里跑出来？”克拉布说着，跪在了垫在地上的外套上，“把这个螺母装到轮毂盖上。”

“你说过你想去阿肯色州。”吉米说。

“是的,因为我知道我一直都在欺骗自己。”克拉布说,“在监狱里，我一直认为自己要变好了，等服满刑期后就可以重新做人。直到有一天，我的一个朋友去世了。”

“在里面去世了？”

“嗯。外面的人不会想到监狱里面的人会去世，总是想着他们服满刑期后就出来了，可实际上很多人活不到刑满释放的时候。有的人健康出了问题，就像我；还有的人失去了活下去的希望。你明白我的意思吗？他们对什么都厌倦了，生活对他们来说毫无意义，所以他们就想要改变，而在监狱那种环境中，除了活着之外，改变的唯一方式就是死去。”

克拉布一边把最后一个螺母卸下来递给吉米，一边喘着粗气。

备用轮胎躺在路边，克拉布把它搬过来，试着装到车上，可怎么也装不上。他把轮胎摔在地上。

“怎么了？”吉米问。

“装不上，他们后备箱里的轮胎放错型号了。”

“你能把车子顶高一些吗？”吉米提议说。

克拉布看了吉米一眼，按照吉米的建议，他又把轮胎搬起来放回到车轮的位置。他刚开始装不上，是因为车顶得不够高。他放下轮胎，用千斤顶又把车抬高了一些，然后又试了一下，这回合适了。他装好轮胎，拧上螺母。

“我想明白了，在那里面我就是一直在欺骗自己。”克拉布说，“我这一辈子都在不断折腾，今天还想着出去后重新做人，可到了明天又想着怎么能变富有。现在等我真的出来了，我发现我还是原来的克拉布，这个世界也还是原来的样子。你能明白我的意思吗？"

"差不多吧。"吉米说。

"我想，我唯一拥有的就是一个孩子，一个恨着我的孩子，因为他觉得我故意伤人。"

"我不恨你。"吉米说。

轮胎装好了，克拉布把千斤顶挪开，让车回到地面上。"把旧轮胎放到后备箱里去。"他说。

吉米按照他说的，把轮胎放进了后备箱，然后把地上的千斤顶和工具都收拾起来，也放到了后备箱里。轮胎比他想象中的要重很多。

克拉布用脚踢了几下轮胎，然后把轮毂盖装好，回到了车里。吉米也上了车，此时他又冷又湿。

"车钥匙在你那里吗？"克拉布看着吉米问。

"没有。"

克拉布又下车去找车钥匙，他看了看自己刚才跪的地方，然后又走到车后，最后在后备箱里找到了车钥匙。他们又继续上路了。

"我从里面出来以后就开始四处溜达，之前计划要做的事情也抛到脑后了，一切又回到了原来的老样子。在里面玩过几次萨克斯管，就以为可以上台演奏了；以为只要恢复自由，就可以继续跟梅维斯好好交往了。”

“也许他们就是来晚了。”吉米说。

“我给她打过电话，她说有别的事情要做，还问我以为自己是谁。”

“她真的那么说？”

“嗯，她说得也对。”

“我在那里面也想过会这样，可出来以后我就全忘了。我这辈子只有你了，而我几乎都不了解你。”

“我不恨你。”吉米又重复了一遍。

“事情可没那么简单，”克拉布说，“那并不能满足所有人的需要。”

“你需要什么？”

克拉布伸出手在座椅旁摸索了半天，终于摸到了座椅的调节杆。

“我想，我需要想想自己擅长做什么。”克拉布说，“我应该照照镜子，看看自己有什么地方值得别人尊重，或者从你身上看看有什么是值得我尊重和借鉴的地方，这是我需要的。”

吉米没说话，他搞不清克拉布到底想要什么，也不知道他怎么才能实现自己的愿望，他不知道该对克拉布说什么。

吉米低着头，目光注视着他们的座位。此时，他虽然与这个爸爸只相隔不到一米，却仿佛隔着万水千山。

“你为什么在租车的时候写的是别人的名字？”吉米问。

“因为我要死了，小伙子，”克拉布的眼睛紧紧盯着前方，“怎么得到我想要的东西已经不重要了。”

车在高速公路上疾驰。外面的雨已经停了，但天气还是灰蒙蒙、凉飕飕的。克拉布时常叹气，他驼着背，弓着腰，沉重地喘着粗气，还不停地在座位上扭动着臀部，似乎在寻找一个舒适的坐姿。

车窗外的房屋、广告牌、加油站迅速向后退去，快速地消失在视线之内。轮胎摩擦着路面，发出嗖嗖的声音。

吉米想找些话说，他想说说自己的感觉，说说关于克拉布……这些话，几乎就要脱口而出了。

吉米要说的话是像“我喜欢你”之类的，但不行，他并非真的喜欢克拉布。他很想了解克拉布，他就快了解克拉布这个人了，但不是真的喜欢他。不过，吉米想，要是一切顺利的话，也许有一天他会真的喜欢上他的。

“你的爸爸是什么样的人？”吉米问。

“你是说 C.C. 利特尔？”克拉布微笑着说。

“那是他的名字吗？”吉米问，“C.C.？”

“嗯，是他的名字，至少大家都这么叫他。”

此时正好有一辆长途汽车与他们的车擦肩而过，车上有一个小男孩冲他们招手，吉米也想冲他招招手，但他不想让克拉布看到自己这么做。

“以前，我差不多一个月能见他两次。他是南线火车上的厨师，真名叫查理——或许是查尔斯，但他们都叫他 C.C.，意思就是‘郡县巡航’，就像歌曲《C.C. 骑手》[1] 里的 C.C. 一样。你知道那首歌吗？”

“不知道。”

“大概因为这首歌已经不属于你们这个年代了。”克拉布说，“话说回来，他在那条线路的火车上当厨师。那个年代火车上的餐厅水平很高，饭很好吃。他出门一次要持续好几个星期。等下了火车，他还到处玩乐，只有等他没有干净衣服换，需要洗衣服的时候才回家。他回家之后，我妈妈给他洗衣服、熨烫，然后他就又离开了。有时候，如果他跟着火车南下去了路易斯安那州，他也会带些甘蔗回来。以前，那辆火车往新奥尔良州的方向走，不往得克萨斯州的方向。”

“你常跟他在一起吗？”

“跟我爸爸吗？”克拉布摇摇头，“他在火车上很忙，而

[1]《C.C. 骑手》是美国摇滚歌手查克·威利斯（1928—1958）演唱的歌曲，属于布鲁斯风格。

且他有自己的朋友，很少有时间能照顾孩子。”

“为什么？”

“他的生活就是这样。”克拉布说。

“他跟你住在一起吗？”

“嗯，他在家的时候是。”

“他跟你住在一起，却从来不陪你玩？”

“在我十二岁那年，有一次，如果我没记错的话，就是十二岁那年，因为那年生日当天我收到了一份特别的礼物。”克拉布说，“那天，他要去打猎，我妈妈让他带上我。他虽然很不情愿带我去，但出门的时候，他还是让我上了车。我坐在后座上，他叮嘱我让我别说话。大家要去打浣熊。

“出门的时候是早上，我们先在森林里溜达了一阵子，包括我和爸爸在内一行共五个人。我们带的猎狗不多，打猎的人也不多，那天的大部分时间里我们都是在树林中到处走。我想他们打了一些鸟，还有几只野兔。之后，大人们在森林里找到了一个破旧的窝棚，他们在里面点了一堆篝火，大家就围坐在篝火旁聊天。

“‘你现在跟真正的男人在一起，’他对我说，‘那你就要像个男人一样。’听到这话，我感觉相当不错。”

“那次之后你们就经常在一起吗？”吉米问。

“那是他唯一一次带我去打猎。”克拉布说，“他去世的时候，我不在他身边。”

“那你会很伤心吗？”

“不太伤心，我好像没什么感觉，真的。”克拉布摇了摇手上的饮料瓶，已经空了。吉米把自己剩下的饮料递给他。“把阿司匹林递给我。”

吉米把阿司匹林药瓶递给他，看着他用一只手开药瓶。他的大拇指把瓶盖一推，瓶盖一下子飞到挡风玻璃上，然后掉落到车的脚垫上。吉米把瓶盖捡起来又递给他。

“如果他不喜欢你，那他喜欢谁？”吉米问。

“他喜欢女人，多半是。”克拉布说。

“像梅维斯一样的女人？”

克拉布扭头看了一眼吉米，他摇摇头，而且肩膀耸了两次。“我不喜欢梅维斯，”他说，“不是那么喜欢。跟梅维斯在一起是我想要开始好好生活的象征。你明白吗？”

“不明白。”

“意思是我要开始在生活中施展手脚了，我的生活也要跟她一起展开。”

“你喜欢你的爸爸吗？”吉米问。

克拉布打开了车上的收音机，调到了他喜欢的频道，然

后驾着车驶入了快车道。

吉米本来还想问问克拉布的爸爸长什么样，也只能作罢了。他在脑中想象着小时候的克拉布坐在他爸爸身边的画面。但其实，把一个大人想象成一个孩子并不简单。

天色渐暗，亮起的灯照在克拉布棱角分明的脸上，吉米很难把他想象成别的模样。眼前的他，只是一个驼着背、驾驶着一辆租来的汽车的陌生人。

没过一会儿，难以抵挡的困意袭来，他又想起了吉恩妈妈，可她已在自己身后遥不可及的地方。前方，在黑暗中的某个地方，阿肯色州在等着他。

第九章

一通意义非凡的电话

当吉米从车里醒来时，晨曦微露，两栋白色的建筑之间透出了一线天光。车子停在了一条小街上，正好在一棵树下面。吉米发现克拉布又不在身旁，他的心再次怦怦地猛跳起来。他朝后座看了一眼，原来克拉布正躺在后座上睡觉，他的身体蜷缩着，看上去好像变小了很多。

天空一片灰暗，但有一道亮白从远处一根旗杆的底部延展开来。车里面很闷热，让人感觉呼吸困难。车窗全都紧闭着，吉米按了按控制车窗的开关，但一点反应都没有。他又回头看了看克拉布，听见他发出低沉的鼾声。他听了一会儿，然后打开了车门。外面有微风吹来，虽然风不大，但也感觉凉快多了，空气中弥漫着一种陌生的味道。此时的天空比他刚醒来时亮了一些，那一道白线已经扩散成了一片晴朗的天。

吉米走下车，伸展了一下四肢，忽然感觉想解小便。街道上空无一人，路的一侧停放着一排车，大部分都是卡车，路的另一侧则空空如也。不过有一段铁栅栏在背阴处，吉米走过去，看看四下里没人，就解了个手。

他回到车里，轻轻地关上车门。然后，他回头看了看克拉布，昏暗的光线下只能看清楚他的轮廓。

一辆卡车在前面调了个头开过来，吉米立刻缩到仪表板下面。他听见卡车隆隆地驶过来，很快又驶远了。

他抬起头，看见那辆卡车沿着街道开远了。他不知道他们的车在这里停了多久，或许克拉布刚到后座上去睡觉，也或许他已经睡了很长时间，想着早点起来。他看了看车里的表，现在显示的时间是五点五十三分。一辆小汽车沿着街道开过来，停在了他刚才看见的那两栋楼中更亮的那一栋前面。一个黑色的身影下了车，朝那栋楼走去。过了一会儿，那个人走出了大楼，驾着车从人行道驶离。吉米又看了一眼表，现在是五点五十四分。吉米想，马上就要到人们起床准备出门上班的时间了。

“你醒了吗？”他用手碰了碰克拉布的肩头。

克拉布咕哝了一声。吉米又碰了碰，这一次，他的手没有挪开。

第一次触碰到克拉布的身体，吉米感觉有些奇怪。吉米跟他说过话、握过手，但还从来没有真正触碰过他的身体。

“克拉布？”他轻声问了一句。车厢里半明半暗，他用手指轻轻地推了推克拉布隆起的肩头。他的肩膀硬硬的，吉米搞不清那到底是肌肉还是骨头。他又摸了摸自己的肩膀，是软的，虽然不是特别软，但至少比克拉布的软。

“嗨，你醒了？”

克拉布动弹了一下，睁开了眼睛。“几点了？”他问，声音如游丝一般。

吉米又看了看车里的表，回答道：“六点零七分。”

克拉布深深地呼了一口气，然后把手搭在前座的头枕上，用力地把自己拉起来。“你睡着了打呼噜，你知道吗？”他问。

“没有，我没打。”吉米说。

“是的，是真的，”克拉布说，“像个婴儿一样打呼噜。你妈妈当初从医院把你接回家时，你就打呼噜，她觉得你实在太可爱了。”

“那你觉得呢？”

克拉布扭过头看了看窗外。黎明的光照进来，把他的脸分成了上下两半。下面一半被照得很亮，看起来有点吓人。吉米只好若无其事地耸耸肩，好像刚才是自问自答一样。

接着，他伸了伸腿，先伸一条腿，再是另一条腿，然后把两条腿都揉了揉，打开车门，准备出去。

“我们到阿肯色州了吗？”

“快了。”克拉布说，他倚靠着车门，胳膊肘撑在车窗上，“我们现在是在田纳西州的孟菲斯，过了这条河就到西孟菲斯了，那就是阿肯色州。然后，我们再往前开一点，就到了马里恩县，那里就是我的家乡。”

克拉布刚迈出一步就发出了痛苦的呻吟声，吉米扭头朝后座方向望去。克拉布的身体靠着打开的车门，胸部贴在车窗上。吉米想，他应该没事。他看见克拉布左手扶着车门，僵硬的关节先是一阵紧绷，然后放松下来，随之又是一阵呻吟。

吉米从副驾驶的座位上下来，走到车的另一侧。他看见克拉布的前额抵在银蓝色的车顶上。

“你还好吗？”吉米问。

克拉布没有回答，他的头抵在车顶上没动。

“你需要我去拿阿司匹林吗？”吉米问。

克拉布站直了身体，上下活动了几下让肩膀放松，然后朝车后走去。吉米跟着走到车后。

“我走走就没事了。”克拉布说。

他绕着车缓慢走着，一只手扶着车身，拖着脚步，额头上冒出了细小的汗珠。吉米为他让开路，靠在车边。吉米本想回到车里去，但又担心克拉布会摔倒。

走了差不多五分钟，克拉布回到车里，他什么话也没说，只是用手指了指扶手箱。

吉米把阿司匹林递给他。

“很疼，是吗？”

“是的，”克拉布发动了汽车，“我要是坐的时间久了，就得起来走走，或者在后背上垫一块加热垫。”

“你去看过医生吗？”

“你不是问过这个问题吗？”

“你是怎么说的？”

克拉布扭过头看了一下路面，然后把车驶离路边。

“看医生对我不会有什么好处，”克拉布说，“我现在要做的就是把自己的事处理好。”

“什么事？”吉米问。就在这时，他们路过了一栋小房子，吉米扭过头一看。那栋房子的门廊栏杆上卧着三只猫，两只黑色的，一只灰色的。一个瘦瘦的女人站在它们身后的门廊里。她穿着一件褪色的花毛衣，两条白胳膊伸出来，摆出一种奇怪而扭曲的姿势。

“我要让莱德尔说出真相。”克拉布说。

“要是他说了，他们会让你出狱吗？”

“等到他们办完手续……”克拉布的声音渐渐变小了，然后转而问吉米，“你饿了吗？”

“不饿。”吉米撒了个谎。

行驶了五分钟后，克拉布把车停在路边，向一个驼背的老人问路，问他桥在哪个方向。

“你是说那座 M 大桥吗？”那个老人问。

“是的。”克拉布一边说，一边点头。

“沿着这条大街一直走，走到第二个红绿灯，”那个老人说，“然后左拐，再继续走，你就会看到卡罗尔商店。到了卡罗尔商店，再过一个加油站，你就看到那座桥了。”

“感谢！”克拉布说。

他们往前走了一个街区，看见了指向那座桥的路牌。

“等我们到了马里恩县，你说话要小心，”克拉布说，“莱德尔以为我还在里面，不知道我逃出来了。”

“好。”

吉米看了一眼仪表板上显示的时间，现在是八点二十四分。

田纳西州的孟菲斯城刚刚苏醒。大清早穿梭在路上的车辆大多很老旧，许多车身上覆盖着一层尘土。工人们穿着工装裤，不紧不慢地走在街上。就在他们要找的加油站那里，有三辆货车停在一个自动贩卖机附近，几个肥胖的男人从一个蓝色的容器里倒出咖啡，站在旁边慢慢喝着。

他们把车开到了那座桥上，就在克拉布停车的时候，路上有一只正在翻废纸袋的狗跑开了。两个男孩靠在桥旁边的围栏上看着他们。

“这里就是孟菲斯了。”克拉布说，“这里有的地方就像纽约一样繁忙，但在有些偏远的地方，生活节奏就没那么快，在那里人们可以停下脚步，看看这个世界。”

田纳西州的孟菲斯城似乎刚刚醒来，而西孟菲斯还在沉睡中。他们路过的房子似乎都远离大路，大部分房子的门廊都修建得很高，木板条围栏很多有缺损，而那些摆放在门前的小花盆看上去显得格格不入。

“看那边。”吉米指着一个正在冒黑烟的烟囱说。

“烧煤的炉子。”克拉布说，“冒黑烟就是烧煤的，而烧木头的话烟尘很干净。有时候这里的人去工地偷湿烟煤，那烧起来很可怕。”

他们穿过市区，一栋栋房子之间的距离变得越来越宽，人烟越来越稀少，城镇的景象渐渐被乡村景色所代替。这里的房子不比城里的好，但房后都有一片片绿色和黄色的茎秆，吉米猜那有可能是玉米。他见过玉米地的图片，颜色鲜亮明快，而这里虽然明亮，但几乎看不出什么颜色。

“这片居民区建得不错。”克拉布说，“这里有一家假日酒店，还有许多新规划的商业区，这片区域也算在孟菲斯的辖区内。”

他们继续向前行驶，眼前出现了一排平屋顶的建筑，这让吉米想起了他在一些西部片里见过的城市街道。不过，这里的人跟吉恩妈妈家那边的人也没有什么不同，有的人干站着，有的人干坐着，还有的人无所事事地靠在墙边，就是没一个人在干活。

克拉布把车停在其中一栋房子前，窗户上挂着的招牌上写着：蓝光。

克拉布快速下了车，后背再次袭来一阵疼痛，但他只是皱了皱眉。吉米也从另一侧下了车。

一个穿工装裤的大个子远远地看着他们，他一只手插在口袋里，头上的帽子上有一圈明显的汗渍。

“早！”克拉布冲他点点头。

那个男人也点了点头，然后他的目光迅速转向街道的另一头，就好像他不应该和陌生人说话一样。克拉布和吉米朝门口走去。

他们走进一家店，店里面铺的是木地板，但并不平整。吉米觉得他的脚踝扭了一下，他实在太累了，双腿发软。店里的一侧有个柜台，柜台后面的架子上摆放着袋装食物，有大米、青豆和秋葵。柜台的三分之二处设有一个收银台，收银台后面的墙上摆放着酒和玻璃杯。吧台后的背景墙上挂着一幅马丁·路德·金的照片。

这个大房间的另一侧摆着四张桌子，克拉布在其中一张前坐下。

“不怎么样，嗯？”克拉布微笑着说。

吉米耸耸肩。

“十几岁的时候，”克拉布说道，“我觉得世界上最要紧的一件事就是来这里坐坐，或者来这里参加舞会，有时候还可以趁没人发现，溜到后面去喝上一杯。”

“你十几岁就喝酒？”

“一点点吧，”克拉布反问吉米，“你不喜欢？”

“只是有点好奇而已。”吉米说。

“你是在效仿你的爸爸吗？”吉米问。

克拉布没有回答。吉米看得出来，他在思考这个问题，或许他不该这样问。

“是，”克拉布终于说出来，“差不多吧。”

这时，餐厅的一个女服务员从后面的房间走出来，她朝克拉布和吉米这边看了看，然后走了过来。

“你们俩要吃点什么？”她问。

“给我来几个炒鸡蛋，”克拉布说，“有厚切培根吗？”

“没有，不过有火腿。”

“新鲜的吗？”

“是的，”她答道，“你们是这里的人吗？”

“我以前住在夸特斯住宅区附近，”克拉布说，“家乡在马里恩县。”

“我就觉得好像在哪儿见过你。”她说，“孩子，你要吃点什么？”

“来点麦片粥。”吉米说。

“我们还有松饼，”服务员说，“松饼配肉汁，里面有一点火腿，可以吗？”

吉米说可以，服务员转身走了。

“莱德尔常来吗？”克拉布从后面叫住她。

那个服务员停住了脚步。她转过身，说：“他偶尔来，你是他的朋友吗？”

“我们以前总在一起玩。”

那个女人又看了看克拉布，什么都没说，然后到后面的厨房去了。

克拉布摸了摸身上的口袋，找出一小本黑色的通讯录，他翻了翻，然后指着一个名字给吉米看，上面写着：莱德尔·德普伊。

“去给他打个电话，”克拉布说，“告诉他我来找巫医，问问他最近有没有人找我。”

“什么医？”

克拉布把通讯录推到吉米面前，点头示意这就是电话号码。

吉米不想打这个电话，他不喜欢跟不认识的人说话，尤其是说那些自己都搞不明白的话。他想问克拉布，要是莱德尔问他巫医是谁，他该怎么说。

可吉米还是朝电话走去，不过他突然意识到自己没有插入投币电话的零钱，又转头回去找克拉布。走到一半，他就看见克拉布从口袋中掏出零钱，放在桌子上。

吉米笑了一下，拿上了零钱。他什么话也没说，克拉布也没说。不过，克拉布面露微笑，这让他感觉很舒服。

“喂？”吉米对着话筒说，“莱德尔在吗？”

“你是谁？”

“吉米，我是吉米·利特尔。”

吉米听见电话那边在叫莱德尔，吉米有些紧张，他很想转身看看克拉布是否在看他，但他没有转身。他也不知道为什么，他想让克拉布觉得自己很能干，虽然打个电话也没什么难的，但他不想搞砸。

“喂？”电话那头传来一个低沉嘶哑的男声。

“你是莱德尔吗？”

“是，你有什么事？”

“克拉布让我告诉你，他正在找巫医，”吉米说，“他想知道有没有人在找他。”

“谁？”

“克拉布。”吉米说。

“克拉布·利特尔？”那个声音提高了一个八度问道。

“是的。”吉米说，他很高兴莱德尔还记得“克拉布”这个名字。

“你从哪里打来的？”

“一个像是……”吉米环顾了一下四周，“像是饭店的地方，店名是‘蓝光’。”

“克拉布·利特尔在‘蓝光’吗？”

“是的。”

“哦，哦。”吉米可以听见电话另一端传来男人的叹息声。他仔细地听着，生怕错过什么。“告诉他，巫医在这里，”那个低沉的声音说，“但别回来找麻烦！”

听筒那头传来一阵挂断电话的金属碰撞声，吉米小心地把电话挂好，朝克拉布走过去。吉米看见他依旧坐在那里，伸着脑袋，高高的额头下面是一双深沉的眼睛。克拉布就这样一直看着吉米走回来。

“他说巫医在他那里，”吉米说，“但让你不要回去找麻烦。”

克拉布点点头。

“巫医是谁？”吉米问。

克拉布把咖啡杯捧在手里，低头看着里面深色的液体。“只有一个地方的咖啡比这里的还难喝，那就是堪萨斯了。”他说，“我觉得他们是不是有个什么特殊的地方，专门去学怎么把咖啡冲得这么难喝。”

吉米笑了。“我们接下来去哪里？”他问。

“我们要去见这个巫医，”克拉布说，“看他会怎么说，我们没多少时间浪费了。”

“巫医可能要走？”

“不，他不会走，”克拉布说，“可是莱德尔肯定会四处找我，他知道他们害得我有多惨。现在他一定猜得到我来这里想干什么。我要先去见巫医，问问他我还剩多少时间，然后再决定下一步该怎么对付莱德尔。”

克拉布把盘子从面前推开。

“你不是饿[1]？”吉米问。

[1] 此处原文是：You ain't hungry. 这是错误的说法。——编者注

“我不饿，”克拉布微笑着纠正了一下吉米的语法，“你要说‘你不饿[1]’。”

“我猜你是不饿。”吉米说。

“你知道像这样教你说话我等了多久吗？”

“说‘你不饿’这句？”

“看来我是等得太久了。”克拉布感叹了一句后便说，“我们走吧。”

“我应该说‘你不饿’，对吧。”吉米说完，看了看克拉布，向他耸了耸肩。

“毕竟，我们总算在一起度过了一些父子时光，对吧？”克拉布说道。

然后，他抓住桌沿，用力地挣扎着站了起来。

吉米看见了刚才为他们服务的那个女服务员，她正倚着柜台朝克拉布这边看。她看见克拉布脸上痛苦的表情，却没有任何行动，连表情也没有丝毫变化。吉米等待的时候目光移到了地板上，几秒之后，直到克拉布朝门口走去，他才站起来。

克拉布走到门边停住了，他从口袋里掏出来一张皱巴巴的五块钱，放在柜台上那个女服务员的手肘边。

“钱够吗？”他问。

---

[1] 此处原文是：You're not hungry. 这是正确的说法。——编者注

“你不喜欢那个鸡蛋？”服务员问。她的手很胖，手指又黑又肿，她拿起钱又在手心里揉了揉。

“太热了，”克拉布说，“热得没什么胃口。”

“你离开这里太久了，”她说，“你会重新习惯的。”

“你说得对。”克拉布说。

他们又上路了。没走出多远，吉米就问克拉布，什么时候能到服务区。“我要上厕所。”他说。

“大便吗？”

“不是。”吉米说。

克拉布把车靠边停下，熄了火。吉米下了车，走到一棵树下，一边解手一边四处张望。这里是真正的乡村，那些房屋就像他在一些图画书里见过的一样。他总是对书里面画的房子感觉很新奇，挪不开眼。不过眼前的这些房子里都有人住，门廊上站着的男人手都插在口袋里。你永远也看不见他们的手，吉米想。有时候也可以看见几个女士，有时候也有小孩子在房子前蹒跚学步，爬来爬去。这里没有什么车，房子离大路也很远。

吉米整理好衣服，回到车里。克拉布又开始滔滔不绝起来，就好像刚才一直说话从没有停过一样。

他说：“你要是生病了，巫医基本上可以像正规医生一样把你治好，有的时候甚至比正规医生还管用，主要看你得的是什么病。”[1]

“那你得的是什么病？”吉米问。

“我的肾出了点问题，”克拉布又补充道，“不过会好的。”

“你看过正规的医生吗？”

“当然，”克拉布说，“我需要休息，吃药，也许还要做一次彻底的透析。”

“莱德尔的声音很奇怪。”吉米换了个话题说道。

“像坏人的声音？”

“是的。”

“自打我认识他以来，他就一直在模仿坏人的语气说话。”克拉布说，“我们小时候在一起玩弹珠，要是有人赢了他，他就用坏人的声音说话，想把输掉的弹珠夺回去。不过，他以前并不坏。有时候我在想，如果当初做出不一样的选择，结局会不会有所不同。”

“比如说呢？”吉米突然瞅见路边有一匹瘦得皮包骨头的骡子，他的目光一下被吸引了过去。

“比如，发生的各种各样的琐事。”克拉布说，“我也说不明白。或许如果我能在麻烦发生之前考虑得足够周到，那就不会惹上麻烦，而不是马后炮似的等惹上麻烦后再思考该怎么处理。可笑的是，被关着的时候，我有很多时间思考人生，

[1] 巫医是当地文化的一种传统，并无任何科学依据。——编者注

可当我回到熙熙攘攘的城市中，却浑浑噩噩无暇对应接下来的生活。”

“是‘应对’，”吉米说，“应该是‘应对问题’，不是‘对应问题’。”

“我们现在是两个咬文嚼字的先生了，”克拉布拍拍吉米的腿说，“等一会儿我们去喝杯茶。”

“可以。”吉米说。现在，他的心情轻松又愉快。克拉布打开收音机，搜索着播放蓝调音乐的频道。吉米把头舒服地靠在座椅的头枕上。

第十章

爱的接力

“我们到达马里恩县之前，你想先去买点吃的吗？”克拉布问。

“当然，”吉米说，“我们要在马里恩县住宾馆吗？”

“不，”克拉布说，“我有熟人，住他那里。”

他们又行驶了大约半个小时，在这个他度过童年并长大的小县城，克拉布一直在沿路辨认各个地方。吉米努力地想象着小克拉布出现在这些地方时的样子。

下午快到两点的时候，他们开到了一个叫“城乡免下车服务”的地方。克拉布正准备下车看看,可他忽然皱起了眉头，呼吸变得急促起来，同时他的手紧紧地握着方向盘。

“需要我进去买点东西吗？”吉米问。

“也行，”克拉布说，“买点饼干和奶酪之类的东西吧。”

克拉布上上下下翻了一遍自己的口袋。这时，吉米从裤腿里掏出了吉恩妈妈给他的钱。“我有钱。”他说。

“你哪里来的钱？”克拉布温柔地问。

“是吉恩妈妈给的。”

克拉布点点头，从口袋里翻出一卷钱。“收好你的钱，等我们以后需要的时候再用。”他说。

吉米接过克拉布手里的钱，进了一家叫“奎因”的超市。在店里，他再一次想起了吉恩妈妈。他找来一辆小推车，在商店里转了一圈，买了一些奶酪、饼干、薯片之类的食物，还买了一袋熏肠和六罐汽水。

吉米付过钱之后开始自己动手把买的东西装进包装袋里。站在柜台后收银的女孩很瘦，前颈处能看出她的锁骨，吉米觉得自己的前胸好像并没有那根骨头。她对他微笑着，吉米也冲她笑了笑。

透过玻璃窗，吉米没看见他们的车。于是他放下购物袋，快速钻进了电话亭。他拨了电话号码，焦急地等待接通。

“吉恩妈妈？”

“吉米？是你吗，吉米？”

“是的，”他说，“我们在阿肯色州。”

“阿肯色州？”

“嗯，是。”听到吉恩妈妈的声音吉米很高兴，庆幸她刚好在家，“这里是克拉布小时候生活的地方。”

“你怎么样，宝贝？”

“我还可以，很好，”吉米说，“我觉得克拉布生病了。”

“他不知道你有钱，对吗？”

“他知道了，”吉米说，“他让我收好。”

“如果你需要什么就给我打电话，我可以通过西部银联给你汇款。”吉恩妈妈说，“我老是想你，吉米，你也想吉恩妈妈吗？”

“我都迫不及待想见到你了，吉恩妈妈。”吉米说，“等我们把这里的事办完，也许我们就能回到纽约了，我们住在一起，好吗？”

“再说吧，宝贝。”

“吉恩妈妈？”

“吉米？”

“我得走了，”他说，“我就想给你打个电话，告诉你我没事，我爱你。”

“吉米……宝贝……我也爱你。”吉恩妈妈说。

“再见了。”吉米说。

“再见，宝贝。”

吉恩妈妈说再见的时候，声音带着哭腔，这让吉米感到很难过，仿佛有块石头堵在胸口，他知道自己也快要哭出来了。

他不哭。他爱吉恩妈妈，上天作证。可是，他现在也开始喜欢克拉布了，虽然不像他喜欢吉恩妈妈那样，但至少开始喜欢他了。

吉米回到车前，克拉布就在车后站着。

“我给吉恩妈妈打了个电话。”吉米说。

“她说什么了？”

“没说什么，”吉米说，“她想知道我怎么样了。”

“她说了我什么吗？”

“好像没有，”吉米说，“你知道她有时候会担心我。”

“我想去喝点凉的，”克拉布说，“还有阿司匹林吗？”

“有，在扶手箱里。你又哪里疼了吗？”

“没有，还是老样子。”克拉布说，“走，拿上药瓶，然后我们去喝冷饮。”

“我们要把买的东西锁在后备箱里吗？”

“不用，这里是阿肯色州，”克拉布说，“在这里不需要把东西锁起来，放在后座上就好。”

吉米把购物袋放在后座上，然后在扶手箱里翻找阿司匹林药瓶。

冷饮店里很凉爽。卡座里有一群男孩。

“我小时候是不能进来坐着喝汽水的。”克拉布一边找个卡座坐下，一边继续说道，“我只可以去柜台买瓶汽水，然后拿出去喝，仅此而已。”

“那时候店里没有座位可以坐吗？”

克拉布看着吉米，又看了看别处，然后目光再次落到了吉米身上，说道：“你从来没听说过种族隔离吗？”

“听说过，我听说过。”吉米说。他听出了克拉布话音里隐含的责怪，以及心里的委屈。

“你听说过什么？”

“就是那时候不被推崇的马丁·路德·金？”吉米说，“人们还不让黑人投票选举什么的？”

“那个时候，大家把这个国家里的人分成白人和黑人。”克拉布说，“而且，还要通过一些小事情不断提醒你不要忘了自己是谁，比如说，不能坐在店里喝汽水。”

突然，克拉布伸长了脖子向柜台望去，然后又缩了回来。吉米也朝那个方向望去，他看见一个警察正在跟收银台的人说话，吉米紧张起来。

“你想赶紧走吗？”吉米悄悄地问。

“不。”克拉布说。

刚才过来点单的女服务员长着一双美丽的眼睛，鼻子周围有一圈雀斑，她的胸牌上写着她的名字：斯普林。

他们一边等着服务员送来饮料，克拉布一边翻看着菜单。吉米想，他是不是害怕那个警察。他们点的冰茶送来了，吉米尝了一口，不够甜，于是他又放了一些糖，然后用塑料吸管搅了搅。他看见那个警察朝那群男孩走去。吉米听不清那个警察说了些什么，但看到其中一个男孩把踏在座位上的一只脚老老实实放回到地上。

警察环顾了一下四周，看见吉米正在看他，于是走了过来。

“你们好吗？”他的腰间系着一条宽宽的皮带，上面挂着两排警用武器。

“很好。”吉米回答。

“你们住在附近？”他问。

“我们住在福雷斯特城，”克拉布回答，“前几年我们去了纽约，现在回来走亲戚。”

“你们能在纽约住几年，那一定是厉害的角色。”那个警察说。他也看了一眼吉米。

“我没那么厉害。”吉米说。

“那你呢？”警察又看看克拉布，“你一定很厉害。从福雷斯特城出来的人能搬到纽约去住。我去过福雷斯特城，也去过纽约。二者可不像。”

“是的。”克拉布低头看着他的茶。

“现在，你们是从纽约来的，可别在福雷斯特城找麻烦。”警察说完转过身，对收银台的店员点点头，然后走了。

他们喝完了冰茶，吉米结了账。克拉布去洗手间的时候，吉米就站在门口等他。克拉布进去了很长时间都没出来，收银台的店员时不时朝吉米这边看过来，吉米冲她微笑了一下，店员立刻收回了目光。

克拉布从洗手间出来后，他们一起走回车里。吉米朝后座看了看，东西还在。

“我需要活动活动。”克拉布说。

他们把车驶出了购物中心，沿途看见一个标志牌，上面写着：如果你不爱你的国家——就滚出去！

“这里人不多——”

克拉布打了个手势，让吉米别出声，他向后视镜看了看。

“他跟着我们呢。”克拉布说。

“谁？”

“刚才在冷饮店的那个警察。”克拉布说。

“他要抓你？”

“不，”克拉布说，“我觉得不是。他们觉得你从别的地方来，就会怀疑你。他会跟一段路，看我们是不是去刚才说的那个地方，确认过之后就会走开。”

“你刚才说我们要去哪儿？”

“福雷斯特城。”克拉布又看了一眼后视镜，“我是想让他知道，我很熟悉这个地方。在这里，他们宁愿看到一条蛇也不愿意见到一个陌生人。”

克拉布降低了车速，降到最低限速，然后借着这段时间开始滔滔不绝地给吉米传授沿途看到的建筑知识。他开始给吉米讲解哪些是新盖好的房子，哪些是翻新后的老房子，哪些房子是用老材料盖的，诸如此类。

“有些人用老木头盖他们想盖的那种样式的房屋。如果是从地基上盖，就是已经有了打好的地基，通常打好了水泥，或者已经打了桩，而且是没被水泡坏的地基，那他们就赚了。

“要么你就在上面盖栋房子，要么就听从城市对你的召唤。”

“什么意思？”吉米扭过头向车后望去，他看见克拉布说的那辆灰蓝色的车还跟着他们，跟他们行驶在同一条车道上。

“如果你有一笔钱，你就会想要走出去，在你打拼的地方找个地方盖栋房子。”克拉布说，“可你的心却一直听见城市的召唤。”

“这说明了什么？”

“这说明了什么？”克拉布扭过头看看吉米，“这意思是说‘到这里来吧，有高薪的工作，坐在窗明几净的大楼里，做个白人编织的痴人梦吧’。告诉你吧，这些都不是真的，说得太好听了，就不能相信。”

“这是你的经历吗？”吉米问，“你就是因为这个来到城市的吗？”

“不是，我没钱，”克拉布说，“我去参军了，然后发现别人的生活不像这里的黑人那样，所以我不愿意再回到这里了。”

“他还在跟着我们。”吉米说。

“嗯，不过他要是真知道点什么，就会逼停我们。”克拉布说。

“然后呢？”

“他会让我们靠边停，然后下车。”克拉布说。

“不是，”吉米摇摇头，“我不是问这个，我是说你离开这里以后呢？”

“我找到了离开这里的全部理由，”克拉布说，“而且感觉不错。”

“他过来了。”吉米转身看着前方。

“冲他微笑就好，”克拉布说，“他也许只是离开前再看一眼。”

那辆无标志的警车并线后开过来了，克拉布朝警察招了招手，还咧嘴笑了笑。警察点了点头，也招了招手，然后加快速度超了过去，在下一个出口驶出去了。克拉布继续往前开，然后找了一个地方调头。

“你真的知道他都要做些什么啊！”吉米笑着说。

“这些年我专攻的就是怎么应付警察，”克拉布说，“你笑什么？”

吉米只是耸耸肩，并没说话。克拉布似乎突然很生气，好像吉米说了什么让他生气的话似的，可吉米也不知道是什么。

有一阵子，吉米觉得自己开始了解克拉布了。他喜欢和克拉布安静地坐在车里，他们两个人坐在一起，聊着克拉布的陈年往事。当他看到克拉布对于警察的判断全是对的，他也很高兴，甚至当他看到克拉布生气的样子，他也觉得很有趣。现在，车又开回了刚才来过的地方。在这里，克拉布是个外来客；在这里，吉米远离了吉恩妈妈和家，他们都是异乡人。

“我们现在快到马里恩县了。”车又开了好长时间，克拉布终于说话了，“到了那里，你能看到非常美的农场，看看那里的土地多么黝黑，里面完全不含沙层。如果土壤里有沙子那就不是优质的沃土，种的植物就……快看那边！风是怎么把沙尘刮起来的？”

吉米向那边看过去，一股沙尘的漩涡拔地而起，而后又迅速回落。在那块黑土附近，房屋和远处的建筑物都是白色的，房顶镶着暗红色的外缘，而在沙尘的漩涡中心，建筑物的屋顶是灰色的，下面和尘土的颜色很接近，仿佛尘土马上就要把那些建筑物埋起来似的。

前面出现了一片房子，有的是木头造的，有的是砖头建的。克拉布减慢了车速，道路两边的人看得更清楚了。几个黑人朝他们挥挥手，还有人盯着他们伊利诺伊州的车牌，一脸的不解。

“有些人我认识，”克拉布说，“就是一时想不起来他们的名字了，但我肯定认识。”

突然，克拉布把车开向路边，猛地踩下刹车，调转车头，又把车往回开，然后拐了一个弯。吉米往远处看去，他又看见了那个一直跟着他们的警察。他正站在车旁，背对着他们，喝着汽水。

“他调头回来找我们了。”克拉布一边说，一边把车向街角处倒。

克拉布把车调了个头，沿着街道继续向前行驶，然后把车停在了一排柏树后面。

虽然克拉布说他们还在马里恩县，可刚才到的地方却和吉米想象的不一样。那里只有零零散散的几栋房子，吉米觉得那些甚至都不能算作房子。

“假如他来这里怎么办？”吉米问。

“他不会来这里的。”克拉布说。

过了一会儿，他们看见那辆警车开走了，克拉布再次发动汽车。这时，天上乌云密布，天空暗了下来。克拉布打开车灯，他们开了大约十分钟，经过了一栋又一栋的房子，最后在其中的一栋房子前停靠下来。

“这里就是夸特斯住宅区。”克拉布说。

吉米看见他们停车的那栋房子前，门廊上坐着人。克拉布下了车，吉米也跟着下了车。

“这是谁？泰勒吗？”黑暗中，一个女人压低了声音问道。

“不，是我，克拉布。”

“克拉布？克拉布·利特尔？”那个声音说道，“杰西，快把灯拿来。”门开了，一个瘦瘦的女孩拿着落地台灯走过来，她把灯放在地上，又把灯打开。

克拉布走上门廊的台阶，他歪着头，微笑着说：“现在你别告诉我，你的锅里没有芥菜叶了。”

“有啊，有啊……杰西，去盛菜。这是谁呀？”

“这是我儿子，”克拉布说，“我和多莉的孩子。”

“嗯，看得出来！杰西是我的女儿。”这个女人戴着一顶假发，可是假发戴歪了，遮住了半边额头，她又冲杰西喊道，“杰西，准备两份饭菜，我要在外面吹吹风，透透气。”

“看样子要下雨了。”克拉布说。

“不会下的，”那个女人说，“从去年冬天开始，就没下过一场像样的雨，连瓢虫都没好好洗过一次澡了。你儿子叫什么名字？”

“哦，我的天啊，抱歉，忘了介绍了，麦肯奇夫人，他叫吉米。吉米，这位是麦肯奇夫人。”

“你好，女士。”

“嗯，你好啊！”麦肯奇夫人说。

“我们开了一整天的车。”克拉布说。

“这么热的天，你们走了一整天，那一定是想快点赶到这里。”她说，“你听说布朗牧师去世了吗？”

“O. C. 布朗？”

“不是他，他早走了，我说的是路易斯·布朗，以前他在玛丽安娜[1]的贝塞尔工作。老天，我都忘记你走了多久了。”

“是啊，是有一阵子了。”克拉布说。

“很高兴你还没忘了我们，”麦肯奇夫人说，“仿佛这个国家的大部分人都不知道我们南部还有这么个地方，我妹

[1] 玛丽安娜是美国阿肯色州东部的一个城市。

妹说她见过一张地图，上面就根本没有标注‘巴塞特’这个地方，是不是很奇怪？”

“的确。”

“你们为什么不在这里住下来？”

“今天晚上我们得出去一趟，很快就回来，”克拉布一边说，一边从口袋里掏出一些钱，“然后我们要个房间，也许会住上几天。”

“你们随时都可以住在我这里，”麦肯奇夫人说，“你们要赶去哪里？”

“我们要去见巫医，”克拉布说，“我有些事情要跟他确认一下。”

“好吧，你知道他住的地方。”麦肯奇夫人说。

杰西摆好了两盘芥蓝叶、猪肉片，还有土豆沙拉，克拉布和吉米坐在厨房里大快朵颐起来。厨房里有一个旧炉子，正面印着“黑钻”字样的标识,桌布上印着雪人和树的图案。

杰西看上去和吉米的年龄相仿，她是个漂亮的姑娘，黑亮的皮肤、闪亮的眼睛，有点像东方人的模样。他们来到这儿以后，还没和她说过一句话。不过，吉米发现她一直在看自己。厨房和客厅之间有一块方形的空地，客厅那一侧挂着门帘，吉米可以看见那个女孩。她正在看书，书的两旁点着蜡烛，吉米猜那本书可能很神圣。摇曳的烛光下，她的身影柔和而美丽。吉米觉得那个女孩就像一个黑天使。他又想起了自己的妈妈。

“巫医是什么样的人？”吉米问。

“就是医生的一种，”克拉布说，“我告诉过你的。”

“哦，对。”吉米说。

克拉布吃得很慢，吉米也是。吉米没想到自己会那么饿。他吃完了青菜和猪肉片，还是感到很饿，但他没有要求加菜。

那个女孩一直看着他，等他们吃完饭准备离开时，吉米感觉她还在看自己，尽管他并没有看她。

第十一章

梦中的哭泣声

巫医住的房子很特别，房前的楼梯上覆盖着木板，形成一个小斜坡。黑暗中，吉米看不清房子的全貌，只看见铁皮屋顶的尖角上挂着半轮明月。阴暗的门廊地上都是沙土，吉米走在上面直打滑。

克拉布走着走着突然停了下来，吉米以为他要说什么，可他没有，只是在黑暗中静静等待着。吉米抬头看了看克拉布，他的眼白似乎比以往显得更大。吉米下意识地往克拉布这边走了几步。

“谁在那儿呢？”一个平缓的就像脚下踩着软绵绵的沙土似的干巴巴的声音开口问道。

“是我，克拉布！”

“你找谁？”

“高约翰[1]！”

“进来。”

克拉布走过去，吉米尽量让自己紧紧跟在他身后，但仍保持一点点距离，没有碰到他。登上门廊，他们右侧的门缝里闪出一道亮光，门开了，吉米让克拉布走在前面。

“好久不见，克拉布。”高约翰说。

“是啊。”

“我知道你病了，”高约翰说，“坐下，要喝茶吗？”

“不麻烦了，”克拉布说，“我可没什么能给你的。”

“我什么时候介意过这个？”高约翰用低沉的声音说。他转身朝炉子走去。“人们都忘记了来找我高约翰，他们花大钱去城里的诊所看病，那些人才不管他们的死活。你觉得那些人知道人是有灵魂的吗？”

“有时候我也感到奇怪。”克拉布说。

[1] 这个名字源于非裔美国人传说中的一个非洲王子，他不屈的精神与品质是智慧、力量和胜利的象征。后来，这个名字逐渐在有关非洲的故事中被用于具有神奇能力的人物身上。——编者注

高约翰把炉子上烧好的水倒在一个蓝色的搪瓷杯子里，又从炉子后面拿出一个杯子，放在第一个杯子旁边。

“孩子喝茶吗？”

“不喝。”吉米说。

高约翰在第二个杯子里倒了些水，房间里顿时弥漫起一种奇怪的甜味。他是个个子矮小的老人，脸像黑胡桃一样黑，而且皱纹密布。可无论他的脸有多苍老，皱纹有多深，都不及他那双沧桑至极的眼睛深不可测。

桌子上摆放着一盏小台灯，他坐在桌边，灯光在他的黑色瞳孔里闪耀。他把杯子举到嘴边，然后闭上眼睛仰头喝了一口。

“把钱放在床上吧。”他喝完后说道。

克拉布站起来，走到床边，把钱放在了床上的被子上面。然后，他又回到桌边，端起高约翰给他倒的茶喝下去。

“你回来是要带走儿子？”高约翰问。

“我是从纽约把他带来的。”克拉布回答。

“很高兴你把儿子带过来了，”高约翰说，“你会在你的儿子身上找到内心的安宁，不是吗？”

克拉布朝吉米看了看，说：“你说得对，高约翰。”

高约翰坐在桌子的另一端，握着茶杯的双手放在自己面前，茶水的热蒸气在他的面前缭绕。“你回到家乡来是想看看自己的根，也想看看自己的变化吗？”

“我有问题要问你，高约翰。”克拉布说。

“你什么也不用问，”高约翰说，“当你从远方归来时，你就已经得到了答案。世间有纱也有雾，有时候一个孩子生来眼前虽被蒙上一层薄纱，他却能看透；有时候，一个成年人眼前会遮着一团雾，他却看不清自己亲手缔造的事，也看不清心中真正想做的事。”

一阵沉默。无声无息。一时间，沉默仿佛有了重量，重重地压在他们坐的木头椅子上。吉米听见隔壁房间里的电风扇正懒洋洋地嗡嗡作响，除此之外，窗外还传来一阵轻轻的窸窣声。

一只蚱蜢跳上了桌子，它的身体如此精巧而脆弱，正如此刻的宁静。它一动不动，仿佛他们三人间的沉默。

吉米的注意力渐渐地从嗡嗡的电风扇声转移到了那只蚱蜢身上。蚱蜢动了一下，它瘦长的身体开始朝一个浅浅的铜盘移动，然后又停下来，在昏暗的光线中几乎看不见它的去向。

终于，克拉布开口说话了。

“我离开这里，进了监狱。我的所有东西都留在那里了。我到马里恩县来是为了弄清一些事情。”

克拉布停顿了，他低着头，胸脯一起一伏。

“继续说，孩子。”高约翰说。

“我病了好长一段时间……”

克拉布又停下不说了。他的话因接踵而来的沉默让人感到沉重不堪。他端起杯子喝了口水，手在不停地颤抖。

高约翰站起身，绕过桌子走到床边，然后把床上的被子铺开。

“这床被子还是从之前的困难时期留下来的，真不知道他们怎么能做出这么漂亮珍贵的东西，也不知道还能从哪儿获得这么漂亮的东西。这也许就是我高约翰这个老头活在世上要找的答案。我也不确定，有时候我觉得是这样，有时候又觉得不是。”

“过来，躺下。”高约翰拍拍被子说道。

克拉布站起来走到床边。他平躺在被子上，双手放在腹部。

“你哪里疼？”高约翰问。

“这里。”克拉布指了指后腰说道。

吉米在一旁仔细打量着，他这才发现高约翰是多么矮小，身体小小的，胳膊和腿也是瘦瘦小小的。

高约翰摸了摸克拉布的后背，吉米听见克拉布倒抽了一口气。

“孩子，去把那盏台灯拿过来。”高约翰指了指身后。

吉米一开始没意识到他是在跟自己说话，察觉后猛然站起身，把台灯拿过来递给了高约翰。

“闭上你的眼睛。”高约翰对克拉布低语道。

克拉布闭上了眼睛，高约翰翻开他的眼皮看了看。吉米站在床尾，他伸长了脑袋，绕过高约翰的胳膊也想看看。他看见了克拉布的眼睛，眼球的大部分都呈现浑浊的黄色。吉米心想，这一定是灯光反射作用的效果。

“你能做个深呼吸吗？”

克拉布尽最大的努力深吸了一口气，吉米也跟着深吸了一口气。他希望自己可以帮克拉布呼吸，多吸一点夜晚的热气，如果需要，他甚至可以吸进半个阿肯色州的热气。

“会有点疼。”老人说。

他用一根手指划过克拉布的手臂，直至腋下，然后按压那里，克拉布的全身都在颤抖。克拉布伸出手抓住了高约翰的胳膊，然后就不动了。高约翰点点头，舔了一下嘴唇。

“起来把你的茶喝掉。”他说。

高约翰转身走到桌边，坐在他刚才的位置。克拉布慢慢起身，看了看吉米，轻轻拍了拍他的胳膊。

“你从没见过巫医，对吗？”

“没有。”吉米回答。他看到克拉布的微笑，也松了一口气。

“你们住在哪儿？”高约翰问克拉布。

“住在麦肯奇夫人那里。”克拉布说。

“我差点就和那个女人结婚了，我跟你说过这事吗？”高约翰说。

“不可能吧！”

“嗯，大概是五十多年前的事了，欧洲打仗是什么时候？差不多就是那个时候，她嫁给了一个叫哈里森·雷德伍德的人。那个年代，这里一半的黑人都叫雷德伍德。总之，那个人在海军服役，去了华盛顿州的普吉特湾。听他们说从海军基地到城里要坐渡船。有一天晚上他喝醉了，从渡船上掉下海被淹死了。她当时伤心欲绝，我差点娶了她。”

“那最后为什么没娶呢？”

“她拒绝了我！”

克拉布耸了耸肩。此后，这个话题没再多往下说。

克拉布坐回到桌子前把他的茶喝完。吉米四处找寻那只蚱蜢，可它已经跑得无影无踪了。

“你可以多喝一些黄樟茶[1]，”高约翰说，“它能缓解你的疼痛，但别喝新鲜的树皮泡的茶，对你没好处。”

[1] 黄樟茶使用黄樟树的皮和根制成。在堪萨斯州的老人眼里，这种茶能够稀释并净化血液，缓解风湿疼痛。

“十分感谢。”克拉布说。

吉米终于找到了那只蚱蜢，原来它跳到了窗台上，接着，它又消失在夜色中。

高约翰打开冰箱，从里面取出了一个红色的小鼻烟罐。他打开罐子，往舌尖上倒了一点，然后仰头把它卷进喉咙里。

克拉布站了起来。

“我想我该休息了。”他说。

他们走出屋子，在门外，微风吹拂过来，吉米觉得夜晚的空气比刚才来的时候更凉爽。高约翰送他们走到门廊边。

“那么，你认为如何？”克拉布轻声问道。

“克拉布，你还有力气走路，”高约翰说，“只有你自己和上天知道你打哪儿来的力气。”

他们与高约翰道别后，朝着麦肯奇夫人的住处慢慢地走。吉米又回头看了看高约翰的小屋，月光下枝繁叶茂的那棵树显得诡异恐怖，月亮比来的时候更低了。

一路上，克拉布都沉默不语。吉米使劲儿地回忆在高约翰家到底发生了什么，是好事还是坏事。他感觉有些不妙。

他们走到了麦肯奇夫人家，她正在门廊上打瞌睡，收音机还开着，廉价的收音机喇叭里传出吉他演奏的蓝调乐曲，声音又尖又细，听起来让人浑身不舒服。克拉布伸手关上了收音机，麦肯奇夫人很快就醒了。

“哦，我没睡着，”她说，“我就是闭目养神而已。豚草[1]这种植物真让人遭罪，你知道我对它们过敏有多严重。”

“是啊，现在正是豚草作怪的时候。”克拉布说。

“在铁道旁的豚草都长疯了，已经长得有一人高了！”麦肯奇夫人说，“要是有人去放把火把它们都烧掉就好了。”

“我听说了。”克拉布说。

“你们去楼梯后面的那个房间吧，”她说，“杰西都给你们准备好了。明天早上要我叫醒你们吗？”

“我们都累了，恐怕得跟我们打一仗才能把我们弄醒。”克拉布说。

“你也知道，我已经不年轻了，打闹不动了。”麦肯奇夫人笑着说道。

吉米想去上厕所，克拉布给他指了厕所的位置。

吉米早就听说过户外厕所，他用麦肯奇夫人给他的手电筒照亮前方，很快就找到了。厕所里臭气熏天，他以最快的速度方便完，又习惯性地想去冲水，但并没有冲水按钮。虽然他不想低头看下面的深坑，但还是忍不住看了一眼。那个坑洞比他想的还要深，他没法仔细看，臭味熏得他草草瞄了

[1] 豚草是源自北美的植物，绿色小花含有大量花粉，可引起枯草热或过敏症状。

一眼就跑开了。

回到房间后，克拉布已经躺在床上了。房间里有一股可可油润肤乳的味道，吉米心想，这也许是麦肯奇夫人经常待着的房间。

“晚安。”吉米说。

“晚安。”克拉布回答。

“那个人是怎么成为巫医的呢？”吉米问。

“我猜，有的人天生就是吧，”克拉布说，“我也不知道。有的人有这方面的天赋，有未卜先知的能力。他们的能力是从祖辈传下来的。”

“他们知道什么？”

“知道一些别人不知道的事情。”克拉布说。

“比如说呢？”

“我也不懂。”克拉布的语气有些烦躁了。

吉米躺在床上，把被单拉到下巴的位置。屋里的灯光忽明忽暗，他转身看到克拉布伸手去够台灯的开关，他的两根细细的手指按住台灯，其余几根手指抓住了灯绳。

屋里陷入一片黑暗，吉米又把被单拉到了鼻梁的位置。吉米回想起来，他觉得高约翰很奇怪，他是巫医，但看上去并不是特别怪异，只是很老罢了。他想象着高约翰刚出生时，眼前像被蒙着一层纱，看不清这个世界，只有通过他妈妈的想法去看待这个世界。

吉米以为自己会害怕，但是并没有。因为他很累，两条腿疼得无力再动弹。他又想到了吉恩妈妈，然后想到了班里的同学。他突然就不上学了，那些孩子会怎么议论他呢？也许他们以为他辍学了。思绪在不知不觉中停止，他睡着了。

他不知道自己是什么时候睡着的。一种可怕的声音突然把他从睡梦中惊醒，令他心怦怦直跳，一时间忘了自己在哪里。过了一会儿，他终于想起来了。深深的恐惧向他袭来，因为他不知道那是什么声音，他仔细听了听，是有人在哭。

他把被子从脸上拉下来，看见外面的天已微微发亮了。那哭声仿佛就在他的屋子里，仿佛就是从克拉布的床上发出来的。

吉米慢慢地坐起身，朝克拉布蜷缩的身体望去。他不知道接下来该怎么办。他想，也许克拉布生病了，需要帮助。于是，他站起来，光脚踩在冰凉的地板上，走到克拉布跟前。

“克拉布？”他轻轻地问。

抽泣声轻轻响起。

他来到克拉布的床边，看见他只是闭着眼睛，并没有哭泣，但他的脸上零星闪烁着点点泪痕。吉米看着他深沉而均匀的呼吸，发觉他并没有醒，抽泣声是在睡梦中发出的。

他又回到自己的床上躺下，盖上被子。

他在想，克拉布到底梦到了什么事令他如此伤心？吉米不知道为什么突然想到了克拉布在监狱里的生活。他被关在里面的时候，是不是也会在黑暗中独自哭泣呢？

他有意识地让自己继续睡觉，可怎么也睡不着，他希望克拉布不要再哭了，那哭声让他感到很难过。

他从来没想过一个男人会哭。要是有人跟他谈论起“男人也会哭”这件事，他会说一个男人受伤了，可以哭；如果感到难过，也可以哭。不过，他以前从来没想过男人也可以哭。

他也从来没想过有一天能跟爸爸在一起，更没想过爸爸会哭泣。他以为那个男人是强大的，而且无所不晓，无时无刻都会教导他。他做梦也没想到爸爸会躺在一张外面的床上哭泣，用眼泪开启灰暗而空虚的一天。吉米还知道，在芝加哥的时候，克拉布没想到自己的儿子那么没出息，没办法对付像弗兰克那样的孩子。弗兰克比吉米厉害，他更强壮，内心也更凶狠，吉米肯定不是他的对手。而现在，在南方的阿肯色州，就像高约翰说的，克拉布回到了家乡，发现了比自己更厉害的人，是不是这个让他受不了了。

克拉布在床上翻了个身，又发出了一个声音，虽然不是哭声，但也差不多。吉米想，等他醒来要问问他，高约翰到底是什么意思。

第十二章

追寻真相

清晨的马里恩县，气温已十分高，刺眼的阳光晃得让人睁不开眼，炽热的空气把人从闷热的室内赶到室外门廊的阴凉处。在麦肯奇夫人的房子后面，另一栋房子的门廊上，两个男孩搬来一把厚软垫的椅子，一个虚弱的女人坐了上去。远处的天空白茫茫一片，一群黑鸟在天空中俯冲盘旋。门廊的一个角落里摆放着一张精神领袖的照片，是从一本杂志上剪下来的。照片被镶在一个相框内。

房子的一侧有一个被塞得满满的垃圾桶，苍蝇在上面嗡嗡地盘旋乱舞。麦肯奇夫人从屋里出来，站到门廊的台阶上，一把搂过吉米的肩膀。

“看来今天是个大热天。”她说。

“看样子是的。”吉米说。他说得很自然，好像他以前常说这样的话似的。

不知从哪里跑来了一个小女孩，吉米猜她只有四五岁。她的皮肤颜色很深，几乎是纯黑色的，但她的头发是黑色与金黄色混杂着的。她的身体很瘦，只有肚子圆滚滚的很鼓，高高隆起的胃部把她的绿裙子都撑起来了，她的连衣裙十分不合身，松垮垮的，袖子也耷拉着。她手里拿着一个金黄色头发的洋娃娃。她看见了吉米，就冲他举起洋娃娃向他打招呼，然后又憨憨地笑起来，把洋娃娃紧紧抱回胸前。

“她很喜欢那个洋娃娃，”麦肯奇说，“就像那是个真娃娃一样。”

那个女孩再次举起洋娃娃想要吸引吉米的注意，吉米看了她一会儿，可思绪又不自觉地飘到了克拉布身上。

以前他并没有意识到自己有些害怕克拉布，可是自从在高约翰家看到克拉布的样子，夜里听到他蜷缩着身体发出的抽泣声之后，吉米已经不再害怕他了。

那个女孩感觉到吉米并没有注意到自己，就跑走了。

吉米听到身后的纱门关上了，感觉到脚下的木板在晃动，于是他转过身，看见克拉布走到了门廊上，倚着栏杆站着。这是克拉布的风格。他就是会这样突然出现在你的眼前，让你不得不留意到他，让你通过他的动作或神情去揣测他到底是谁。

“你感觉怎么样？”吉米问。

“你们要吃鸡蛋吗？”克拉布还没回答，麦肯奇夫人抢先问道。

“可以来点咖啡。”克拉布说。

麦肯奇夫人从克拉布身边走过，停下来拍了一下他的肩膀。

“我今天要给莱德尔打个电话，”克拉布看着麦肯奇夫人进了屋，对吉米说道，“我想让你跟我一起。”

“好。”吉米说。

他顺着克拉布的目光望向远处光秃秃的地面，空气中微微闪动的热浪与路边的尘埃在漩涡中一同舞动。

“我们这里离水太远了，”克拉布说，“一点生机都没有。要是朝河的方向走，你会看到一条小溪，上面还架着一座桥。有时候你可以在那里钓到鱼，几乎都是鲶鱼，沿着河岸一直走，你还可以见到沿岸的水虫。以前，我偶尔会去那里转转，去碰碰运气看会不会发现河里有什么别的活物。那是一条潺潺的小溪，不会对周围的树木或生态造成不好的影响，但确实是条很美的小溪。”

“你懂养鱼？”吉米问。

“不太懂。”克拉布回答。

麦肯奇夫人端着一个小托盘出来了，托盘上面是克拉布的咖啡和吉米的柠檬水。

“我今天要去玛丽安娜那里一趟，”麦肯奇夫人说，“洛根先生开车过来接我，我们有可能还要去威尔·梅百货买些东西。”

“他们还是天热的时候得关灯吗？”克拉布问。他把手指穿过把手，用双手握着杯子，两手的指尖相抵。

“不了，现在的灯不像原来那样烫了，”麦肯奇夫人用围裙擦了擦手，“他们现在用灯管了。”

柠檬水不够冰爽，味道也很淡。

“莱德尔来了！”杰西从二楼的窗户喊道。

吉米抬头先朝杰西看了一眼，然后扭过头在视线里寻找莱德尔，但没找到。

“他在哪儿，杰西？”麦肯奇夫人大声问道。

“刚过了霍恩先生家的水井，他应该是从赛普里斯路开过来的。”

麦肯奇夫人看了看方向，然后指了指那边。吉米顺着指向看见远处有一辆车正向这边驶来。

“你怎么知道那是莱德尔的车？”克拉布对楼上的杰西喊道。

“只有他才有一辆蓝色小汽车，而且是从那个方向开过来的。”杰西说。

他们的目光跟着远处的那辆车，它越来越近了。

“你不如跟杰西都到里面去吧，麦肯奇夫人。”克拉布把杯子递给她。

“会有什么麻烦吗？”麦肯奇夫人问。

“他不会找我麻烦的，”克拉布说，“他知道我就是想跟他谈谈。”

吉米看见克拉布从门廊一侧拉过来一个板条箱，然后抬起一条腿踏在上面。

莱德尔的车一直沿路前进，但看着好像越走越没了动力，只见这辆车朝房子这边拐进来，又往后调了个头拐上另一条路。司机让驾驶座一侧的车门靠近门廊，然后车缓缓地停了下来。等车停稳，大家才看到这辆车的后窗玻璃都裂了，前面的镀铬格栅也有一边生锈了。

莱德尔没看他们，他从仪表板上拿了一根雪茄，然后慢慢点上。吉米看了一眼克拉布，此刻的他脸上挂着微笑。

雪茄点着了，莱德尔打开车门，慢慢地走出来。他披着一头浓密油滑的齐肩长发，发尾是细密的小卷。他下巴上的山羊胡也很浓密，但有些花白。吉米还看见他的指甲上涂着指甲油。

莱德尔斜靠在那辆圆顶的轿车旁，脚踝交叉地站着。

他们看起来都像坏人，吉米心想。克拉布歪着身子站着，莱德尔穿着无领衬衫，一根金链子低垂在胸前。

“这么说，在大城市闯荡过的克拉布又回来了？”莱德尔平静地说道，“你是回来住一阵子，还是路过而已？”

“还没想好，”克拉布挠了挠下巴说，“我还要办点事，和几个老朋友聊聊，看看情况再说。”

“你想要聊什么事？”莱德尔问。

“你和我一样，都很久没见了，你一定有很多事要跟我说道说道。”克拉布说，“总觉得有人还欠我一个解释。”

“你说得我一头雾水，伙计，”莱德尔耸耸肩说道，“也许是我听不懂你们大城市人的腔调。”

“我还以为老兄弟之间都能相互理解，”克拉布说，“至少以前是，总比那个家伙的话容易懂。”

“你跟那个人谈过了？”莱德尔问。

“还没轮到他。”

莱德尔看了一眼他的雪茄，正要抽上一口，却发现还没点着。于是他伸手摸了摸口袋，找到一根火柴划着，然后把雪茄的一端对准火焰，直到烟头发出暗红色的光。

“我听说你是来这里找巫医的，”莱德尔说，“我觉得你不是来找我麻烦的。”

“不找你麻烦。”克拉布说，“就是想和老兄弟坐下来喝上一杯，然后聊聊当年的真相。”

“大城市回来的老兄弟，跑了那么远的路就为了聊聊真相？”莱德尔问，“那一定是一件对你很有冲击力的事情吧。”

“太对了。”克拉布说。

吉米看见克拉布想要站起来，吃力地去扶栏杆，他的脖子看起来肌肉紧绷，青筋凸显，吉米想他会不会很疼。

这时，一辆敞篷卡车从门前驶过。司机旁边坐着一个白人男性，他裸露着上身，胳膊被晒得黝黑，但胸脯是白的，昏暗的车厢让他的肤色显得更浅。

“那你想要我做什么？”莱德尔手里松松地夹着一根雪茄。

“你知道我没上过那辆运钞车。”克拉布提高了音量说。

“我怎么知道？”莱德尔看着自己的雪茄说，“我不在现场。”

“那你为什么要跑掉？”

“因为你伤害了那个护卫，所以你被关进去了。”莱德尔抬头看了看刚才杰西所在的那扇窗户，“你说自己没上过运钞车，可他们还是逮了你。要是你什么都没做，他们就把你逮了，那他们也可能逮捕我。我没事就是因为我也什么都没做。”

“我觉得我们都得为对方解决这件事，”克拉布说，“我想这就是解决我们之间恩怨的办法了。”

“我不想找麻烦，克拉布。”莱德尔身体的重心一会儿放在左脚，一会儿放在右脚，神情显得有点不安，“我都不知道你回来想干什么，我没有你想要的东西。”

“我把我的儿子带到这里来，就是想让他亲耳听到事情的真相，”克拉布说，“而且我一定会让他听到的。”

“说你什么都没做？”

“说我没故意伤人。”克拉布说。

莱德尔不自在地来回倒着脚，他看着吉米。“你是无罪释放出来的，还是假释出来的？”他问。

“假释。”克拉布说，“你告诉那个人，我可以在西孟菲斯找份工作。”

“我听着不太对劲，伙计，”莱德尔摇摇头说，“听着不对劲。”

“我就站在这里，有什么不对的？”

“我怎么知道你是不是让我说什么，然后再传给某个人呢？”

“我为什么要那样做呢？”克拉布问。

“是啊，为什么呢？”莱德尔眯缝着眼睛，几乎要闭上了。他抬起下巴，用手指捋着他的山羊胡，又从喉结的位置顺着摸到胸前的金链子，还一边缓缓点着头，仿佛下定了什么决心似的，然后他抬眼看着克拉布。

“伙计，你是在求我吗？”他说，“我不知道你求我什么，但你就是在求我。一个人跑那么远的路，也没别的事，就是要央求我说一句话。你到底是为了什么？”

“我不是求你，”克拉布说，“我只是要找出真相。”

“不，不，”莱德尔一边摇着脑袋一边打开车门，“你就是在求我，我得琢磨琢磨你到底想做什么。”

“我跟你没完，莱德尔。”克拉布愤怒地大声说，“我跟你没完！”

“好吧，也许吧，”莱德尔边回话边发动了汽车，“我会好好想想你要的‘真相’。”

莱德尔把雪茄叼在嘴里，又换到手上，然后开着他的车调头走了。

干旱的土地被轮胎碾过，发出嘎吱嘎吱的声音。车一路向东驶去，往西孟菲斯的方向扬长而去。

克拉布下了门廊的台阶，挣扎着朝汽车开走的方向迈了一步，接着，他举起一只胳膊，仿佛想要把那辆车拉回来似的，可没一会儿，他的胳膊又耷拉了下来。

吉米舔了舔自己的嘴唇后才勉强发出一个微弱的声音：“克拉布？”

“怎么了？”

“我认为你……你……没故意伤人。”吉米说。

“你相信我没故意伤人？”克拉布问。

吉米的脑海中顿时开始翻滚，他努力搜寻着自己想对克拉布说的话。他看着克拉布的眼睛，希望能从里面找到答案；他微张着嘴，希望那些话马上就脱口而出。克拉布只是无言地呆呆站在那里，最后，他默默地转过身。

“克拉布，对不起。”吉米说。

“我要去找莱德尔算账，”克拉布说，“有些人你得逼他一把才能让他说出真相。”

“你打算怎么做？”吉米问。

克拉布仰头望天，热浪好像是从地底涌出，蒸腾着升上来的，尽管离太阳很远，空气中的热气依旧让人喘不过气来。麦肯奇夫人拿着一小篮油豆角来到门廊上。

“没事吧，克拉布？”她问。

“嗯，没事。”克拉布说。

麦肯奇夫人把装油豆角的篮子放在椅子腿旁边，然后转身进了屋。过了一会儿，她又拿着一个棕色的纸袋走出来，把纸袋放在椅子的另一边。她坐下来，双腿分开，把裙子往下压成一个兜，然后拿起一把豆角，用手指掰成小段，被掰掉的豆角两头被扔进了纸袋里。她的手指掰得飞快，相当熟练，因为她已经这样做过成千上万次了。

“那条小溪还干净吗？”克拉布朝麦肯奇夫人侧了侧身问道。

“我觉得还算干净，”麦肯奇夫人说，“你认为莱德尔会给你找麻烦吗？”

“不，他不会给我找麻烦的。”克拉布转身看着吉米，“我打算带吉米去小溪边走走，不去想莱德尔的事了。你想去走走吗？”

“可以。”

“你知道，莱德尔想使坏的时候就是一条毒蛇。”就在他们离开的时候，麦肯奇夫人说道。

“嗯，我知道。”克拉布说，他的声音听起来很疲惫，“走吧，吉米。”

在吉米看来，此时的克拉布走得很慢，无异于老人。吉米和他并肩走着，跟着他笨重的节奏。他想偷偷观察克拉布的脸上是否有痛苦的表情，但不想被克拉布发现。

“你小时候常去那条小溪边吗？”吉米开口问道。

“常去，”克拉布说，“有的时候，房子里太热睡不着，我就会带着我的枕头去那条小溪边睡。小时候，我觉得有个枕头是件大事，因为这里的孩子长大了才能有枕头，你说是不是很有意思？过去的那些日子啊……”

“莱德尔说的……”吉米说，“他说的那些什么都不算。”

“不，不是。”克拉布轻声说道。

小溪在离房子几百米远的地方，那里的草地几年前就退化成了一片荒地。沿路的树长得不高，也不太绿。一个锈迹斑斑的水槽被废弃在小溪边。他们沿着小溪一直走，有的地方水道变宽了，清澈的溪水在岸边的岩石和旧瓶子间形成了一个个扭曲的“V”字型。

吉米捡了一根树枝，他拖着那根树枝沿岸边走着。

“这条小溪曾经有没过我膝盖那么深，”克拉布说，“那个时候，这是一条真正的溪流。”

“你的妈妈什么样？”吉米问，“就是我的奶奶。”

“她是一个善良的黑人妇女，”克拉布说，“你们一定会相处得很愉快的。你想休息一下吗？”

“不，我不……好吧，当然。”吉米说。他意识到克拉布可能有些不舒服，便问：“你想让我回去给你拿阿司匹林吗？”

“不用。”克拉布回答。吉米看见克拉布走到一棵矮树旁，他将后背靠上去，慢慢地坐到了地上。那棵树被压弯了，克拉布仰头靠在上面，闭上了眼睛。

“我可以跑回去找麦肯奇夫人拿顶帽子给你。”吉米说。

“我还行，就是想休息一下。”克拉布说。

他又闭上了眼睛，吉米看见他的脸肿起来了。

“克拉布，你还有力气走路，”高约翰曾说，“只有你自己

和上天知道你打哪儿来的力气。”

“假如……”吉米把手里拿着的树枝扎进泥里，“假如莱德尔说你什么也没做，那会怎么样？”

“那我被关着时的愿望就实现了，”克拉布说，“那是我唯一的梦想，我做梦都想着从头来过，脚踏实地。在里面，人们所有的梦想都是以‘假如’为前提的，假如可以这样……假如可以重新来过……假如莱德尔说我没打死那个护卫，那一定是一个超棒的消息。只有那样我们才能不计前嫌，才能安心地并肩踏着夕阳，相安无事地重新结伴而行。”

“就像西部牛仔？”

“是啊，就像西部牛仔，”克拉布说，“在我小时候，只要一有钱，我们就去看电影……我们会一路走到电影院，这样的话，去看电影的时间就被拖长一些……我们黑人都坐在楼上的包厢里，过去他们称这个区域为‘有色人种’区。话说回来，他们放牛仔电影的时候，楼上区域的黑人孩子会把自己想象成英雄，楼下的白人孩子也会做同样的梦。梦想变得如此真实，你都无法分辨它是现实还是虚幻了。”

“他应该把真相说出来。”吉米说。

“是啊，”克拉布说，“他应该说出来的，可一只阴沟里的老鼠是不会想让另一只阴沟里的老鼠享受太阳的。”

“这个说法真有意思。”吉米把手里的树枝杵到一块石头下，石头被翻了个面，吉米一下子跳了起来，原来石头下面藏着一窝鼻涕虫。他看了一眼克拉布，看他有没有注意到自己的狼狈样，克拉布都看在眼里了。

他们俩都笑了。

鼻涕虫慢慢地爬来爬去，乱作一团，最后消失在烂泥堆里。

“那现在该怎么办？”吉米问。

“我不知道。”克拉布的声音很轻，仿佛耳语一般，“也许在这里待上一阵，看莱德尔有什么动作。如果他肯说出真相，那所有问题都解决了。如果他不肯说出实话，那我们就只有看情况再定了。我想，咱们可以去加利福尼亚州。你去过加利福尼亚州吗？”

如果说我已经相信了克拉布，那为什么一定要莱德尔说出来呢？吉米十分认真地在脑海中组织着语言，结果说出来的是：“为什么非得要莱德尔说呢？”

“因为我希望把事情都解决利索，”克拉布说，“这样我们就可以轻松地上路了。我们去加利福尼亚州，开始新的生活。他们说海边的空气清新，有益于健康，大海、阳光，谁知道呢？感觉又回到了童年。”

“你现在感觉怎么样？”

“很累。”克拉布说。他慢慢地站起身，稳住身体，缓了缓，等到呼吸再次恢复平稳后，他又继续沿着小溪走去。吉米远远地跟在他身后。

其实吉米不想听克拉布说去加利福尼亚州的事，也不知道想听他说什么，但一定不是加利福尼亚州，一定不是租车的事。他还记得在芝加哥租车的时候，在酒店的大堂，克拉布递给那个女孩一张信用卡，上面写的是别人的名字；他还记得那天吃早饭的时候，警察问起他开到吉恩妈妈家的那辆车的事。所以，他不想听任何关于去加利福尼亚州的事。

或许，吉米心里想，他的愿望跟克拉布的一样。自从那天在公寓门厅第一次见到克拉布以来，他的脑海中就疯狂闪现出一家人团聚的场景，他希望会有奇迹出现。但那画面不是他们三人携手走向夕阳，而是只有他跟克拉布，一对惺惺相惜的父子，共同相处，留下一段难忘而美好的回忆。

走在前面的克拉布停下脚步，他跪在地上仔细地看泥土里有什么东西。吉米走上前，站在他的身后想看看他在看什么。原来地上有一条蚯蚓，又长又红。克拉布用手指把它捏起来，然后看着它又挣扎着钻进土里。吉米以为克拉布会放蚯蚓溜走，但他又伸手把它拎了出来。吉米看着克拉布，看着他跪在地上，在克拉布转过头的那一刻，他好想牢牢记住他的模样。一双皮肤黝黑的手，指尖比指根还粗的手指，又黄又弯的指甲，正向泥土里伸去。

“我小时候，经常在下过大雨后到这里来，能抓到一罐子的蚯蚓，”克拉布说，“然后我们就用它们去钓鱼。”

“可以钓到很多鱼吗？”吉米问。

“不是在这里，”克拉布说，“要去大河那边才能钓上来东西。我们在这里钓鱼是因为我们住在这里，并不是因为这里鱼多。”

“你想回纽约去吗？”吉米话题一转问道，“我们可以跟吉恩妈妈住在一起。”

“你觉得他们用多久就能找到我？”克拉布问。他的声音很尖锐。

“那我们接下来做什么呢？”吉米努力不发出颤抖的声音，“我们不能一直四处奔走，到处找车什么的，你知道吗？”

“让我想想，”克拉布说，“我想想办法。”

不要这样下去了。眼泪刺痛了吉米的眼睛，一整天的严肃破碎成了眼前闪烁的点点柔光。他听见克拉布说什么要坚强、要镇定之类的话，吉米本想说他会的，但话堵在了嗓子眼里，只能发出微弱的呜咽声。他想在脑海中记住克拉布的那个瞬间不见了，他感到刚才的那种感觉已经溜走了。他望着克拉布，在一片焦黄的芦苇丛和远方泛白的天空映衬下，他变成了一个脱离现实的黑色剪影。他想找的是他爱的那个人，可眼前只有一个黑影，那个黑影伸着手，面部僵硬，那张沉默无言的嘴巴仿佛是一道明显的裂缝。他感到克拉布的手搭在了自己的肩膀上，他举起胳膊，抽出自己的肩膀，快速走开了。他走进高高的草丛，脚下发出一阵沙沙的声响。

“吉米！吉米！”克拉布喊他，“嘿，别这样！”

吉米转过身，看见克拉布急匆匆地在后面追他，克拉布伸着手，五指张开，想要触碰到他。“吉米！”

“即使你真的没故意伤人,结局也不会改变什么,”吉米说，“但如果你打算偷钱、信用卡或者其他东西就不一样了，那也是错的！你没故意伤人，并不代表你就成了好人！”

“当然会有不同，当然有区别！”克拉布双手捧着吉米的脸说，“如果我无路可走了呢？如果我说这是我仅剩的一点念想，你觉得结局会改变吗？我不能说我从来没偷过东西，不能说我是个圣人，不能说我曾经也有份好工作。”

吉米推开克拉布的双手。“那就什么也别说，”他转过脸，“你做你自己，我做我自己。”

“我必须得对你说，儿子，”克拉布轻柔地说，“在这个世界上，你是我唯一的牵挂，你是我活下去的意义。如果没有你，那我也没有存在的意义了。”

“这就是你要带我到这里来的原因吗？”吉米说，“从吉恩妈妈那里大老远一路把我带到这里，就是为了让你找到活下去的意义吗？”

成群的飞虫在克拉布的眼前飞舞，他退后几步，连连挥手赶走它们。

“我想让你听我说，”克拉布提高了嗓音，“我想让你听着，也许你可以听到你想要的答案。”

“你想说什么就说吧。”吉米说。他看着克拉布的脸，看见眼泪从克拉布黝黑的脸颊上流淌下来，夹杂着汗水的泪珠在他的下巴上闪亮。“说吧。”

他们面对面站着。克拉布举着双手，努力搜寻着心里反复练习过的话。吉米在他的脸上搜寻着答案，克拉布觉得或许仅凭言语并不能让吉米相信什么。

“要是我不知道该怎么表达，是不是意味着我有错？”克拉布问，“我能不能就只做你的爸爸？”

“你都不知道该怎么做爸爸！”吉米说。

这句话吉米脱口而出，他怒气冲冲地举起双手，然后怒不可遏地握紧了拳头。愤怒在胸中激荡，他清清楚楚地说出了一个赤裸裸的真相：克拉布的确不知道如何做爸爸。他们俩都意识到了这个可怕的事实。

“麦肯奇夫人家的那个女孩来了。”克拉布说。小女孩的出现打破了紧张的气氛。克拉布不再说话，他看着吉米的脸，然后垂下了头。

吉米转身看见了那个女孩正在朝他们跑来，他往克拉布身边站了站。

“你为什么不把自己收拾一下？”吉米说。

克拉布撩起衬衫擦了一把脸，吉米看着他的脸，然后伸手摸了一下克拉布脸上残留的泪痕。克拉布又用衬衫擦了一下脸。

“如果你想去加利福尼亚州，我可以跟你去。”吉米这句话说得很快，“也许你可以在那里找一份工作，或许我也可以在那里找一份工作。”

“加利福尼亚州很远，”克拉布说，“很远。”

那个女孩越走越近，她放慢了速度，最后的几步是慢走着来的。她穿得破破烂烂的，衣角上下浮动，深色衣服上面的花边都翻了起来。

“莱德尔先生又回来了。”她虽然是在对克拉布讲话，眼角的余光却看着吉米，“还来了另外一辆车，里面是几个白人，妈妈让我来告诉你们。”

“你妈妈告诉莱德尔我在哪里了？”

“她说不知道你在哪里，”那个女孩说，“然后让我跑过来告诉你们。”

克拉布仰头望天，长长地呼了一口气。那个女孩看了看他，又看了看吉米，好像在等一个答复似的。她琥珀色的眼球反射出太阳的光芒，永远地改变了吉米脑海中对于妈妈的想象。小女孩的嘴角扬起一丝微笑，不过只有一瞬，之后她便迅速转身走了。

“她说来的那些白人是谁？”吉米问。

“我不知道，”克拉布说，“麦肯奇夫人一定认为是警察，否则她不会让她女儿过来说的。”

“那你打算怎么办？”

“去前面的铁道口，”克拉布说，“也许上一辆去西部的货运列车就行。给我点时间想想，你给我一点时间，我去搭一辆货车，然后你就回到麦肯奇夫人那里去。你的钱够不够回吉恩妈妈家？”

吉米扭过头，不再看克拉布。

“你愿不愿意陪我去那个铁道口？”克拉布问。他用下巴示意了一下那个方向。

“就这么简单？”吉米问，“就陪你去那个铁道口？”

“也许我们还可以想其他办法。”克拉布说。

“比如说呢？”

克拉布也没有答案。

他们沿着小溪朝铁道口走去。空气中的热浪滚滚袭来，包裹着他们的身体，炙烤着脚下又干又硬的土地。炎热迫使吉米放慢了脚步，他和克拉布一样摇摇晃晃、踉踉跄跄。他想停下来，忘掉要去的地方，除了追寻、探求真相之外，他想忘掉这一切。

吉米想长大，想成熟起来，这样就能自己解答脑海中的所有问题。他没有看克拉布，但他知道，他们之间有一张无形的、带刺的铁丝网，而他正在里面挣扎。他的心跳得很快，仿佛自己一直在奔跑。他觉得自己一直在奔跑着去捕捉什么，原来那只是一个影子。

第十三章

那就走吧

“这里跟以前不一样了。”他们走到铁道口时，克拉布说道。

“不是这里吗？”

“这里看起来更大了。”克拉布说。河边曾经松软的黑土如今变得坚硬而且泛着白，齐腰高的野草从他们路过的小土丘一直蔓延到了铁道口。“上次我来的时候，这里还没有那些房子……”

上次来的时候，克拉布心想，已经很遥远了。那时候，这里没有那些低矮的瓦房，也没有那些像巨型机器昆虫似的吊车矗立在远处的水塔旁。

“我该走了。”克拉布说。

“那就走吧。”吉米回答。愤怒和委屈让他哽咽，也让他放弃了曾经有过的梦想。

那就走吧。还能说些什么呢？时间不够了，人生所剩的时间不够了，没法拼凑出他们共同的梦想了。

吉米感觉到克拉布的手在他的肩头捏了一下。克拉布把手掌抬起来，手指却迟迟没有离开吉米的身体，吉米动了一下，他的手挪开了。

那就走吧。

吉米低头看着地面，紧接着又抬起头，看着那个即将从他生命中走开的男人。看着他的肩膀一高一低，吉米知道，那是因为他僵直的腿疼得无法弯曲。吉米又想起了阿司匹林，那一刻他真想跑过去追上克拉布，提醒他一定要记得吃药。可一切都来不及了。

就在那一刻，他看见一辆汽车从吊车后面开过来。车停了下来，两侧的车门打开，走下来两个人，一个人穿着警服，另一个人穿着便装。

吉米朝克拉布看去，他也看见那两个人了。他停下来没动，注视着那两个人。其中一个人慢慢地走到车的后座，从车窗里掏出武器。他们朝克拉布挥挥手。

克拉布转身就跑，那两个人又回到车里，开车过来追他。

“克拉布！”吉米对他大喊，“当心！”

吉米也不由自主地跑起来，不是朝着克拉布，而是跟他往同一个方向跑去，他的胳膊快速摆动着，和克拉布的姿势一样。警车很快开了过来，挡在了克拉布和铁道口之间。克拉布转过身，跑进了一片高高的草丛中。他消失片刻后，再次出现在返回小溪的那条路上。那两个人下了车，继续追。突然，克拉布停了下来，就像他跳起、逃跑、钻进草丛那样，令人猝不及防。

警察停下来，看着他的一举一动。警察把武器举了起来，吉米的目光迅速转向克拉布，他看见克拉布站在一根电线杆旁，弯下腰，双手撑在膝盖上，胸口剧烈起伏着。

“趴在地上，双手抱头！”拿武器的警察喊道。

克拉布扭头朝吉米看，吉米示意他快趴下，小心警察开枪。克拉布直起腰，后背靠在电线杆上，摆了摆手。

吉米不知道克拉布是在召唤他，还是在召唤警察，他还是走了过去。警察看了看吉米，然后又看了看克拉布。克拉布倚着电线杆咳嗽起来，等吉米和警察走到他跟前时，他已经倒在了地上，双腿蜷缩在胸前，胳膊抖个不停。

“趴在他旁边！”较胖的警察对吉米喊道。

“不用！他还是个孩子！”另一个警察说。他走上前看了看克拉布，弯腰摸了摸克拉布的口袋，然后站起身，对着对讲机报告。

克拉布想用胳膊遮挡刺眼的阳光。吉米看着他的脸，他的表情很平静。他转了个身，挣扎着想要把腿伸直。

“嘿，孩子，”他深深地吸了一口气，“对不起。”

“我理解你，爸爸，”吉米说，“我理解。”

第十四章

未说完的遗愿

一只鸽子落在窗台上，它扑扇了两下翅膀，最后落在窗框的一个角落里，一动不动了。窗户紧闭着，从吉米坐着的位置往窗外望去，只能看见另一栋医院的大楼。克拉布躺在病床上，他的右腿蜷着，膝盖在被单下面像是顶起一座小山。吉米目睹了警察用脚铐把克拉布的左脚与床腿铐在一起。克拉布闭着眼睛，但他并没有睡着，思绪在半睡半醒之间游荡。他的腿时不时会动一下，右腿会伸直，左腿会忍不住和那副脚铐较劲。

“今天吃火鸡和土豆泥。”医院的护工拿着餐盘进来了。他把餐盘放在病房的白色桌子上，瞥了一眼吉米，说：“你想吃冰激凌吗？我们还供应冰激凌和果冻。”

警察往这边看了一眼，然后让护工把餐盘上的餐刀拿走。

“那他怎么吃火鸡呢？”护工问。

“你听见我说的话了吗？”警察根本没有理会护工的话，只等着他说完后跟在身后走出了病房。

吉米已经很饿了。他们离开那个铁道口，警察把克拉布塞进警车送到医院后，他就一直没吃过东西。他看着那些土豆泥，把它们堆成一座小山，又在中间挖了个洞。

这些都是克拉布的餐食，有土豆泥、火鸡、奶油玉米和冰激凌，那一小杯水果和装在一个纸杯里的饮料也是。

今天是星期天，麦肯奇夫人和杰西一早就来过了，然后她们去办事，说好一会儿还会回来。

“我要去为他祈祷，”麦肯奇夫人说，“老天都做不到的事就不值得做了，你要记住这句话。天黑之前我们就回来，洛根先生方便的时候就带我们过来。”

吉米点点头，告诉她们他会没事的。她们刚走没多久，克拉布就苏醒了，脸上一副痛苦的表情。他环顾了一下病房四周，想对吉米说些什么，可最后只能点点头。他看了看自己的身体，反应过来自己昏迷的时候都发生了什么。他的身体一侧插着一根管子，用来排出他肺里的积液，机器在角落里发出嗡鸣。他冲机器点点头，吉米把护士告诉他的话又向克拉布重复了一遍。

“叫护士来。”克拉布说道。

吉米以为他不想让那个机器开着，或者不想插那根管子，但护士来了以后，他却说自己疼得受不了了。护士没说话就走了，然后拿来了两片药片和一杯水。

过了一会儿，克拉布准备要跟吉米说几句话。他的嘴巴一张一合，呈现出一种不正常的样子，似乎上下嘴唇都盖不住牙齿了。

“你一定要……你知道……要好好的，你不想活得像……嗯……有的时候会事与愿违……”他的声音越来越小……

“不如你休息一下吧？”吉米说。

“所以，有的时候你觉得……”克拉布继续说道，“事情应该是这样的，或是那样的。这就是……如果你去城里……”

吉米看见克拉布双眼虚弱得半闭，立即感到紧张起来，他离开病房走到护士站，尽力让自己不要惊慌失措，尽量保持镇定，不要跑起来。

“他的举动很奇怪。”他跟护士说。

护士跟着他，警察也放下手里的杂志，跟着他们进了病房。护士拿起克拉布的手腕，摸着他的脉搏。

“他只是睡着了，”她说，“他需要睡觉。”

吉米告诉自己，他要等麦肯奇夫人回来，他想象着她在为克拉布祈祷的样子。他又把土豆泥压平，然后放下了叉子。外面的窗台上，那只鸽子还蜷缩在角落里，它的羽毛蓬了起来，脑袋埋在胸前。

克拉布的呼吸已变得十分沉重而艰难。吉米扭过头看着他，看到他在床上扭动着身体，吉米走到他的床边，握住了他的手。克拉布睁开眼睛,接着又闭上了,他的嘴角向上扬起，像是在微笑。吉米也用微笑回应了他，可克拉布脸上的血色渐渐消失了。

“你还好吗？”吉米问他。

他又不说话了，吉米握着的那只手也耷拉了下来。吉米看着白色枕头上的那张土褐色的脸慢慢褪去了血色。他的嘴巴微张，双眼似闭非闭，直到眼睛露出了一截深色瞳孔的边缘。

“克拉布？”他喊道，“克拉布？”

这一次，他没有径直跑去护士站，而是等着，一直等到护士来查房。

那个女护士扭过头，沉默了片刻，叹了口气，然后走出了病房。那个警察一直翻看着电话簿。等护士再次回来时，她轻轻拍了拍吉米的肩膀，告诉他可以去医生的办公室等他的家人来，如果他愿意的话。

第十五章

回忆的列车将驶向何方

葬礼那天，天空下起了雨。葬礼是在一个肃穆庄严的教堂里举行的，仪式结束后他们去了一个小小的墓地。一排排坟墓不规则地排列在教堂后面的空地上。大家坐在木椅上，听一个胖女人唱一首离别曲。吉米给吉恩妈妈打了电话，可她不能过来，因为她花光所有的积蓄给他买了一张返回纽约的票。

“我真的很抱歉，宝贝，”吉恩妈妈说，“真的。”

葬礼之后，麦肯奇夫人和杰西陪着他，他们一起乘坐洛根先生的车到了孟菲斯火车站。大家的情绪都很低落。杰西问他以后是否还会再来马里恩县。吉米说："不会了。"

"我也觉得你不会再回来了。"她说。

坐在火车上，吉米一直在回忆克拉布躺在病床上，扭动身体的画面，回忆着似乎死神已无限接近，而他微微一笑的那个瞬间。吉米希望回忆中的一切都会化作一个会心的微笑，因为他们在最后的时光里，共同面对并经历了一段珍贵的时光。火车飞快地驶过一个又一个小镇，经过一个又一个站台。有时，吉米又觉得那不是微笑，而是克拉布对他担忧的样子，因为他不过是个孩子，而克拉布是个大人。吉米想来想去，不确定那到底是个会心的微笑还是担心的嘲笑。其实，就算克拉布觉得吉米如此幼稚而笑起来，那也不错，至少在死亡毫无征兆地降临之前，他笑过了。不过，那要是会心的微笑，就更好了。

吉米想，如果自己有了孩子会怎么样。这样的事似乎遥不可及，但也许有一天会发生。他想，要是他有一个男孩，他不会只想着挣钱给他买吃的。可除了告诉他要做个好人、别惹麻烦之外，他也没什么可以教他的。不过，也许他会告诉儿子自己的所有秘密，他要坚定地看着儿子的眼睛，对他

说出所有的真相。只有这样，在往后相聚时，他们才会知道对方的心思。他想，也许这样他们之间才会维系着一种纽带，即使不在一起，心与心也是相通的。他会知道自己和儿子哪里像，哪里不像，哪里心有灵犀，哪里想法相异。他在想，如果自己有了孩子，肯定会这样做，不管什么情况下都会坚定地保持，因为早晚会有一天，生命会所剩无几，当下抓不住的事永远也无从弥补。

虽然知道吉恩妈妈要去上班，可下火车的时候吉米还是不由得四处张望，想看看吉恩妈妈在不在。他坐上扶梯，到了宾夕法尼亚火车站的大厅，跟着上班的人群从问询处走到另一边的出口。他看到一个高个子、略微秃顶的男人拎在手里的公文包掉在地上，纸片散落了一地。

街边，一群孩子围在一辆跑车周围。吉米看了一眼时钟，看是否到了放学的时间。他又翻了翻口袋，找到了吉恩妈妈塞给他的钱，朝地铁站走去。

终于，他又回家了。

与作者沃尔特·迪恩·迈尔斯的访谈

美国学乐出版社于1992年出版了沃尔特·迪恩·迈尔斯的《我和爸爸去旅行》，这本书获得了1993年纽伯瑞儿童文学奖银奖及科丽塔·斯科特·金奖。

近期，美国学乐出版社的编辑们请沃尔特·迪恩·迈尔斯谈了谈这本书及他的创作生涯。

问：主人公吉米是通过回到爸爸克拉布曾经生活过的家乡和遇到的人来重新认识和接纳爸爸的。现实中，你和父亲之间有没有发生过什么类似的事情，从而让你更了解自己和你的父亲呢？

答：没有。当我的亲生父亲来纽约生活时，我根本不了解他。我非常渴望了解他是什么样的人，我从他那里继承了什么特质。但同时，我发现他也在观察我，看我身上是不是遗传了他的什么特点。我很想知道当年他为什么抛弃我，是因为他不喜欢我吗？为什么他从来没有给我写过一封信？为什么他从来没有跟我打过一通电话？他给我提出的一些建议听上去总是像噪声一样难以入耳，让我感到烦躁，一个父亲的建议怎么会是噪声呢？奇怪的是，我却会把我的养父——赫伯特·迪恩当成我真正的父亲。所以我也在思考，当我在生父身边的时候，是否也应该表现得像他的儿子？

问：吉米只有很短暂的时间去了解他的爸爸，你希望有类似情形的孩子能从吉米和克拉布的父子关系中学到什么呢？

答：我只能说这种关系不容易，需要父子双方共同努力，而且大人往往和孩子一样，不能轻而易举地处理好这样的关系。

问：爵士乐似乎是你的书中经常出现的元素，为什么爵士乐对你如此重要？

答：我在爵士乐的氛围中长大，那是我的文化背景中不可分割的一部分。

问：吉米依依不舍地离开了吉恩妈妈和舒适的家，跟着克拉布踏上了一段奔波之旅。你是否也曾大胆地冒险？你做过什么重要的事，而后很庆幸自己这么做了呢？

答：我想，当我决定专职写作时，我并不确定能否养活自己，这是一次大冒险。庆幸的是，我得到了妻子的大力支持。虽然想想挺后怕的，但我很庆幸自己做了这个选择！

问：你的父亲是文盲，可你从小热爱文学与写作，你是怎么产生这样的兴趣的呢？

答：我的父亲很巧妙地掩饰了他没受过教育的事实，其实我并不知道他不认字，所以我几乎没有被这件事影响。我是直到长大后出版了自己的书才知道的。我非常需要父亲的认可，可我的父亲从来没有称赞过我的任何一本书，所以我将他的沉默理解为不认可的意思。

问：在你成长的过程中，谁是你的榜样？

答：和大多数黑人小孩一样，我的偶像是体育明星。我生活在种族隔离的年代，即便黑人明星也要被迫跟大多数贫民生活在同一个街区。棒球运动员杰基·罗宾逊就经常出现在我家附近，还有拳击手乔·路易斯，另一位棒球运动员威利·梅斯也常跟附近的孩子们玩棍球。诗人兰斯顿·休斯就在我家附近的教堂念诗，但小时候我对他并不感兴趣。

问：你曾一度隔一段时间就要去伦敦待上几个星期，你为什么要这么做？这对你的写作有什么帮助呢？

答：在伦敦，我听到我的母语有不同音调和节奏，感到特别有趣，这让我对语言有了更深刻的理解，更清楚地意识到人们在用不同的方式表达思想。我在伦敦也会去看很多场戏剧来了解剧作家是怎样用语言来增强戏剧效果的，这也对我提升写作水平有帮助。这就像我每年参加一次沟通技巧速成班一样。

问：让孩子们在书中“发现自己”有多重要？

答：在任何优秀的文学作品中，读者都能与书中的主人公或故事情节产生共鸣。从这个意义上来说，让小读者找到进人书中的“人场券”很重要，孩子们千万不要把自己置身于书本之外。我小时候很爱读书，但很少能读到让自己共情的故事。我知道书中所反映的价值观是老师想让我们学到的，所以结果是我认为书中描写的那些孩子的生活更有价值，而自己的生活却没有价值。这种想法对我早期的写作风格影响很大。我写的东西跟我读的东西很相似，因为在学校里我们读的大多是欧洲作家的作品，尤其是英国作家，所以我最初的写作在风格上略微模仿了那些作家。我读过詹姆斯·鲍德温的短篇小说《桑尼的布鲁斯》之后，我的写作风格发生了巨大的变化。鲍德温写的不仅是美国的黑人，他写的简直就是我周围的生活。后来，我有机会见到鲍德温，并跟他交流了一些想法，他说自己的写作风格也同样受到了欧洲化的影响，他也曾有过同样的自我贬低感。

问：也许这个问题已经被别人问过千百遍了：你的故事素材或灵感来自哪里？

答：从根本上来说，我的故事创意都来自天马行空的思绪，然后把有意思的情节编成故事。比如说，我最近坐公共汽车时看见了一个女士，她戴着传统的面纱，遮着脸，旁边的一辆婴儿车里躺着一个六七个月大的孩子，孩子的手上染着红指甲。那个女士听到了我跟同伴夸孩子漂亮，就把婴儿车转了过来，这样我们就能看清她引以为豪的女儿了。我的脑海中马上浮现出那个女士会过怎样的生活，她的一天是如何度过的，她都在想些什么。由此，她也许就会成为我下一个故事的主人公。

问：你和你的儿子克里斯托弗·迈尔斯共同合作了几本书，过程是怎样的呢？

答：跟克里斯一起工作我感到很幸运。我尊重他作为一个艺术家的工作，同时我也很喜欢他这个人。不过，我们也会遇到难以处理的父子关系。与其他艺术家的工作相比，我对他更挑剔，因为他是我的儿子。虽然我们都是很固执的人，不过讨论问题时我们很融洽，遇到意见不统一的情况，一般都是我让步，因为这对我来说更容易一些。

问：在写每本书之前，你会做很多研究工作吗？都做些什么呢？

答：我写大部分书都需要做一些研究。首先要弄清楚一个故事的基本事实，即使那些“基本事实”构成的是一部虚构小说。对我来说，想要真实地再现一个场景，我就必须“亲临”那个故事发生的“现场”。我会给小说人物设定年表，这样我才能理解他们的所见、所闻、所感，更好地了解这些人物，把他们介绍给我的读者。

问：你的创作过程会有什么规律吗？

答：我一周写作五天，通常是在清晨。我所说的“写作”，指的是坐在电脑前写一本书或一个故事。如果我们把“写作”的定义扩大，包括创作一本书所有的思考过程的话，那我一天“写作”十五个小时，一星期七天都在“写作”。

图书在版编目（CIP）数据

我和爸爸去旅行 /（美）沃尔特·迪恩·迈尔斯著；宋蕾译. -- 昆明：晨光出版社，2025. 6. -- ISBN 978-7-5715-2764-8

Ⅰ. I712.84

中国国家版本馆 CIP 数据核字第 2025G9C691 号

著作权合同登记号 图字：23-2020-85号

WO HE BA BA QU LU XING

我和爸爸去旅行

〔美〕沃尔特·迪恩·迈尔斯 著
宋蕾 译

出 版 人 杨旭恒

封面绘画 陈 伟
内文绘画 苏 慧
项目策划 禹田文化
版权编辑 张晴晴
责任编辑 李 政
项目编辑 张雨婷
营销编辑 赵 莎
美术编辑 沈秋阳
装帧设计 木 木 尾 巴
责任印制 盛 杰

出　　版 晨光出版社
地　　址 昆明市环城西路 609 号新闻出版大楼
邮　　编 650034
发行电话 (010) 88356856 88356858
印　　刷 固安兰星球彩色印刷有限公司
经　　销 各地新华书店
版　　次 2025 年 6 月第 1 版
印　　次 2025 年 6 月第 1 次印刷
开　　本 145mm×210mm 32 开
印　　张 7
I S B N 978-7-5715-2764-8
字　　数 122 千
定　　价 32.00 元
